KB115343

현대무림
지존

현대 무림 지존 5

현윤 장편소설

초판 1쇄 찍은 날 § 2017년 1월 18일
초판 1쇄 펴낸 날 § 2017년 1월 25일

지은이 § 현윤
펴낸이 § 서경석

편집책임 § 최지원

펴낸곳 § 노서출판 청어람
등록번호 § 제387-1999-000006호
등록일자 § 1999. 5. 31
어람번호 § 제1-2611호

주소 § 경기도 부천시 부일로 483번길 40 서경B/D 3F (우) 14640
전화 § 032-656-4452 팩스 § 032-656-4453
http://www.chungeoram.com
E-mail § chungeorambook@daum.net

ISBN 979-11-04-91172-9 04810
ISBN 979-11-04-91013-5 (세트)

5

현윤 장편소설

FUSION FANTASTIC STORY

현대무림
지존

도서출판 청어람

차례

C O N T E N T S

현대무림
지존

제1장
천재 박사

미국 캘리포니아의 휘트니 산 고지대 협곡에 황량한 바람이 불고 있다.

휘이이이잉!

그런 협곡 꼭대기쯤에 한 여자가 피투성이가 된 몸으로 힘겹게 산을 오르고 있다.

"하아, 하아!"

그녀의 눈동자는 양쪽의 색이 다른데, 각 눈동자에는 모두 네 가지 색이 혼합되어 있었다.

한마디로 그녀의 눈동자는 딱히 무슨 색이라고 정의를 내리기 힘들 정도로 다채로운 색을 가지고 있었던 것이다.

자연색이라곤 도무지 믿기지 않을 이 눈동자를 가진 그녀는 머리색 역시 한 가지 색이 아니었다.

겉은 짙은 보라색이지만 그 속은 백금발과 적발이 반반씩 섞여 있어 바람이 불 때마다 색이 달리 보였다.

하지만 피부는 오로지 한 가지, 아주 밝은 살구색이었다.

새빨간 입술을 짓깨문 그녀는 가죽 벨트가 여러 개 달린 환자복 주머니에서 녹색 액체가 가득 담긴 주사기를 꺼내 들었다.

"젠장, 이 약이 마지막인가?"

사시나무 떨리듯 떨려오는 그녀의 손이 재빨리 약을 잡아 팔뚝에 주삿바늘을 꽂아 넣었다.

푸욱,

그러자 그녀는 약간 안정된 한숨을 내뱉었다.

"후우, 좀 살 것 같군."

조금 편안해 보이긴 하지만 그녀의 상태는 정상이 아닌 것 같았다.

지나치게 창백한 피부와 과도하게 팽창된 동공, 거기에 연신 쏟아져 내리는 식은땀은 그녀가 맹독에 중독되었다는 것을 방증하고 있었다.

그녀는 '메두사 클론'이라는 맹독에 중독된 상태였다.

메두사 클론은 맹독성 몬스터인 포이즌 테이커의 독낭에서 추출한 맹독을 일만 번 압축시킨 독이다.

만약 메두사 클론 한 방울이 캘리포니아 주 수도 공급지에 흘러든다면 아마 주의 모든 사람이 두 시간 안에 맹독으로 사망하고 말 것이다.

인간으로선 도무지 감당할 수 없는 이 엄청난 맹독에 중독된 그녀이지만 아직까지 신체가 무너지지 않고 있었던 것이다.

그녀는 '안티 클론'이라고 적힌 주사기를 손으로 부러뜨렸다.

쨍그랑!

"빌어먹을, 이럴 줄 알았으면 그냥 욕심 없이 살아가는 건데."

잠시 후, 그녀의 귓가에 대략 50대가량 되는 듯한 차량의 엔진 소리가 들려왔다.

부아아아앙!

그리고 그 위에는 헬리콥터 10대가 저공비행을 펼치고 있었는데, 헬기의 날개에는 활강체로 판단되는 물질이 덕지덕지 붙어 있었다.

"헬파이어 미사일? 아주 토끼를 잡는 데 도끼를 쓰겠다는 소리군."

그녀는 저 엄청난 무력이 오로지 자신을 잡아 죽이기 위한 무기라는 것을 너무나도 잘 알고 있었다.

아마 지금 도망치지 않으면 꼼짝없이 잡혀 저승의 문턱을 밟게 될 것이다.

이제 그녀가 할 수 있는 판단은 그리 많지 않았다.

"어차피 죽기 아니면 까무러치기다!"

그녀는 자신의 발 아래로 보이는 아득한 낭떠러지를 바라보았다.

낭떠러지 아래에는 물이 흐른 흔적이 보이는 메마른 협곡 지대가 넓게 펼쳐져 있었고, 그 아래로 조금만 더 내려가면 수풀 지대가 나올 것이다.

그 끝을 가늠하기조차 힘든 높이의 협곡 지대 꼭대기에 선 그녀는 거침없이 몸을 던졌다.

부웅!

아래로, 더 아래로 떨어져 내리는 그녀의 귓불에 따가운 바람이 스쳤다.

'자유다. 그래, 차라리 죽어서 자유를 쟁취할 수 있는 것이라면 죽음을 선택하겠다.'

그녀는 조용히 눈을 감았다.

두근두근!

하지만 그녀의 심장 깊숙한 곳에 숨어 있던 본능이 눈을 떴다.

스스스스!

놀랍게도 그녀의 몸은 바람을 타고 날아올라 마치 민들레 씨앗처럼 공중을 부유하고 다녔다.

자신 스스로도 자각하지 못했던 이 엄청난 능력이 발현되고 난 후엔 그저 바람에 몸을 맡겼다.

아마도 온전한 자유라는 것은 자연의 뜻에 스스로를 맡기는 일인지도 모른다.

"…하하, 어처구니가 없군. 이 정도의 능력이었다니 말이야."

잠시 후, 그녀의 뒤꽁무니로 헬리콥터 다섯 대가 모습을 드러냈다.

다다다다다!

다소 평이하던 기류에 난기류가 침투하면서 그녀의 몸이 양옆으로 사정없이 휘청거렸다.

"으윽!"

잘못하면 계류에 섞여 날려갈 것 같던 그녀이지만 위기의 순간에 아주 적절한 능력이 빛을 발했다.

끼이이잉, 팟!

그녀의 몸이 불가시 상태가 되면서 육안으로는 수색이 불가능해졌다.

"…불가능할 줄 알았는데 불가시가 가능했던 것인가?!"

스스로 능력을 사용하면서도 적지 않게 놀란 그녀는 그대로 난기류에서 빠져나와 산비탈 반대편으로 날아갔다.

이제 바닥에 안착한 그녀는 협곡을 지나가는 버스를 한 대 발견하였다.

부아아아앙!

"저거다!"

그녀는 아찔한 경사면을 거침없이 뛰어내려 갔다.

사방으로 돌멩이가 튀고 흙먼지가 일어났지만 그녀의 피부는 어느새 강철처럼 단단해져서 상처 하나 입지 않았다.

만약 일반인이 그녀처럼 경사면을 미끄러지듯 뛰어내려 갔다면 살갗이 다 까져서 형체를 알아볼 수 없었을지도 모른다.

그러나 다이아몬드와 견줄 정도로 단단한 피부로 변한 그녀의 다리였기에 상처 하나 없이 산을 내려올 수 있었다.

부르르르르릉!

버스가 기어 변속을 하는 틈을 타 그녀는 잽싸게 몸을 던져 자동차 하체에 찰싹 달라붙었다.

이제는 제아무리 정밀한 탐색 장비를 동원한다고 해도 그녀를 찾을 수는 없을 것이다.

그녀는 그대로 로스앤젤레스의 도심으로 향했다.

*　　　　*　　　　*

서울 엘리슨호텔 앞에 태하의 검은색 스포츠카가 달려와 멈추어 섰다.

부아아아앙!

그는 스포츠카의 차창 너머에 서 있는 한 여인을 바라보았다.

"약속 시간을 아주 칼처럼 맞추는군."

오늘 태하는 남궁설아와 스카이라운지에서 식사를 하도록 스케줄이 정해졌다.

원래 어느 한곳에 매여 자유를 억압당하면서 살아본 기억이 없는 태하이지만 친가와 다시 연이 이어지면서 어쩔 수 없는 스케줄을 소화할 때가 많아졌다.

오늘 남궁설아와의 만남 역시 자신의 의지와는 전혀 상관이 없는 약속이었다.

그녀는 태하를 보자마자 옅은 미소를 지으며 다가왔다.

"뭐 해요, 도착했으면 내리지 않고?"

"주차를 어떻게 할지 생각하고 있었습니다. 저는 발레파킹을 선호하는 스타일이 아니라서……."

남궁설아는 태하의 외숙이 사준 애마의 스마트키를 빼내서 호텔 직원에게 건넸다.

드르르륵.

"뭐, 뭐 하는 겁니까?"

"앞으로는 발레파킹을 선호하도록 하세요. 정통 무인 집안의 사위가 될 사람이 차에 너무 애착을 갖게 되면 보기 안 좋을 겁니다."

"…내 차를 아끼는 것도 죄입니까?"

"뒤에서는 차를 아끼든 뽀뽀를 하든 상관없어요. 하지만 엘리슨호텔은 우리 남궁 가문 소유로 된 곳입니다. 괜히 책잡혀서 어른들에게 들들 볶이는 일은 없었으면 해서요."

"……"

차를 좋아하는 태하를 위해서 이탈리아 명품 브랜드 스포츠카를 특별히 주문 제작하여 만든 세상의 단 하나뿐인 한정판 차량 '엘리시오'에는 태하의 이니셜과 인생 좌우명이 새겨져 있었다.

엘리시오는 이탈리아 명품 브랜드 회사에 지분이 있는 장주원이 주주의 권한으로 특별히 제작한 차량이다.

그만큼 조카에 대한 사랑이 듬뿍 담긴 차량이며, 태하 역시 이 차량을 목숨처럼 생각하곤 했다.

그런 차를 아무에게나 막 맡기는 것은 태하로선 자존심을 마구 짓밟는 행위나 마찬가지였다.

하지만 폐관 수련에 들어간 장주원이 마지막으로 태하에게 남긴 말이 있다.

'첫 번째, 친가와 연을 끊지 말 것. 둘째, 무슨 수를 써서라고 복수를 완수할 것.'

친가와의 연을 끊지 말라고 한 것은 작고한 부친을 위한 것이고, 복수는 양쪽 가문 모두를 위한 일이었다.

태하는 어쩔 수 없이 자신을 놓을 수밖에 없었다.

'폐관 수련에 들어가지만 않았어도……'

그나마 장주원이 속세를 멀쩡히 돌아다니는 사람이었다면 사고를 쳐도 어느 정도 무방하겠으나, 지금은 그의 얼굴조차 볼 수 없는 상태이다.

사람이 있을 때 사고를 치는 것과 없을 때 사고를 치는 것은 천지 차이이기 때문에 태하가 수를 접는 방법밖에는 없다.

"…앞으로는 조심하도록 하지요."

"그래요, 잘 생각한 겁니다."

태하는 죽을상을 하며 호텔 라운지로 들어섰다.

그런 그에게 호텔의 총지배인이 다가와 정중하게 인사를 올렸다.

"반갑습니다. 한양 김씨 일가에서 오신 도련님을 뵙게 되다니, 영광입니다."

"별말씀을요."

"부친의 명성은 익히 들어서 잘 알고 있습니다. 김명화 검객의 팬으로서 그 아드님을 뵙게 되었으니 죽어도 여한이 없습니다."

"그, 그렇게까지……."

"아무튼 한 점 빈틈없이 모시겠습니다."

"고맙습니다."

남궁가와 한양 김씨는 지금까지 꽤 오랜 시간 동안 단절되어 있었지만 김명화의 일화는 많은 남궁가의 일원에게 귀감이 되었다.

영웅의 이미지가 깊은 김명화에겐 팬도 많고 그를 암묵적으로 후원하는 사람도 꽤 있었다.

비록 그가 명화방으로 장가를 들었다곤 해도 남궁가에선 여전히 흠모의 뜻을 품었다.

아마 태하가 굳이 다시 친가와 연을 맺지 않았다고 해도 남궁가에서 김명화라는 이름 석 자만으로도 충분히 입증이 되었을 것이다.

그러나 남궁가의 모든 사람이 김명화를 좋아하는 것은 아니었다.

한번 인연을 끊어버린 그이기에 달가워하지 않는 무리는 분명 존재하고 있었다.

그녀가 굳이 가문과 가문으로 두 사람을 이으려 하는 것도 모든 명분을 갈무리하기 위함이었다.

남궁설아가 태하를 데리고 엘리베이터로 향했다.

"올라갈까요?"

"그러시죠."

그녀는 태하를 바라보더니 이내 뭔가 마음에 안 드는 눈빛을 했다.

"으음, 쇼핑을 좀 해야겠는데요?"

"쇼핑이요?"

"넥타이가 마음에 안 들어요."

"…넥타이가 무슨 잘못이라도 했습니까?"

"남색 슈트에 검은색 넥타이는 뭔가 센스가 없어 보여요. 안 그래도 의사라고 매일같이 공부만 했다고 손가락질할 텐데 너무 진부한 의상은 좋지 않아요."

태하는 별것을 다 참견한다고 생각했다.

"다른 것은 다 좋습니다만, 제 패션까지 간섭하는 것은……."

"약혼녀의 특권이죠. 물론 결혼을 하게 된다면 머리, 옷, 향수, 차까지 다 바꿀 겁니다. 제가 마음에 드는 것으로요."

태하는 숨이 턱턱 막혀왔다.

"꼭 그렇게까지 해야 합니까?"

"물론이죠. 남자는 그저 밖에서 할 일만 잘하면 되는 것, 나머지는 여자가 다 알아서 합니다. 남자는 집안일 외의 모든 것에 신경을 끄는 대신 여자의 내조에 모든 것을 맡겨야 하는 법입니다. 그게 사대부의 자세지요."

"…전 사대부가 아닙니다만?"

"당신은 의사이지요. 하지만 집안은 아닙니다. 한양 김씨는 유서 깊은 양반 가문으로 당신이 속한 본가의 이름은 결코 가볍지 않습니다. 대대로 정치가 가문이기도 하고 선조께선 독립운동, 참전, 국가 유공 등을 이루셨지요. 그런 집안의 가풍을 무시하는 처사는 옳지 않아요. 물론 우리 남궁가도 비슷하고요."

도대체 이런 결혼을 왜 하는 것인지 이해가 가지 않는 태하이다.

"이런 말씀을 지금 드리는 것은 시기상조인 것을 잘 압니다."

"말씀하세요."

"우리는 너무 안 맞아요. 그렇지 않습니까?"

"알아요."

"…알아요? 그럼 잘되었군요."

그녀는 태하의 다음 몇 마디를 단숨에 잘라 버렸다.

"이 세상에 맞는 남녀는 없어요. 단지 여자가 남자에게 맞춰갈 뿐이지."

"…어째서 그렇습니까? 손바닥도 마주쳐야 소리가 나는 법인데. 그리고 너무 남존여비적인 발언만 하시네요."

"저는 남존여비라는 생각을 한 적이 없습니다. 그저 남녀가 결혼하게 되면 서로의 영역이 그렇게 갈린다고 말하고 있는 것이죠."

"……."

고지식한 남자 때문에 고생하는 여자들에 대해서 들어본 적이 있는 태하이지만 설마하니 반대로 고지식한 여자에게 덜미가 잡힐 줄은 꿈에도 몰랐다.

'…더럽고 치사해서 못 해먹겠네. 확 다 엎어버릴 수도 없고.'

조부의 마지막 유언을 이렇게 허무하게 말아먹을 수는 없는 일, 태하는 속으로 참을 인 자를 골백번이고 더 새겼다.

"…갑시다. 넥타이를 바꾸러."

"순응하시는 건가요?"

"안 하면 하루 종일 시달릴 것 같아서요."

"잘 생각하셨어요. 오늘 안 바꾸면 내일, 그래도 안 되면 또 내일. 저는 포기하는 법이 없습니다. 특히나 내 남자는 완벽해야 한다고 생각하거든요."

"아, 예."

태하는 그녀에게 붙잡혀 호텔 백화점으로 질질 끌려갔다.

*　　　*　　　*

호텔 스카이라운지에 앉은 태하가 커피를 앞에 놓고 생각에 잠겨 있다.

그는 얼마 전 장천일의 핸드폰에 들어 있는 명부를 확인했다.

그 명부에는 태하가 전혀 상상하지도 못한 인물들이 들어 있었다.

'사성회의 간부 중에서도 배신자가 있을 줄이야……'

사대부의 문파라 불리는 사성회에서 동문을 시해했다는 것은 믿기 힘든 일이지만, 그보다 더 엄청난 사실도 많이 보아온 태하이다.

이제는 그 어떤 사람이 끼어들어 있다고 해도 전혀 이상할 것이 없었다.

골똘히 생각에 잠겨 있는 그에게 남궁설아가 말을 걸었다.

"무슨 생각을 그렇게 해요?"

"…별것 아닙니다."

"식사가 별로 입에 안 맞았어요? 역시 한식이 좋으신가요?"

태하는 고개를 저었다.

"저는 음식을 가리지 않습니다. 양식이나 중식이나 일식이나 한식이나 다 잘 먹습니다."

"그래요? 그럼 다행이고요."

식사를 끝내고 디저트로 커피를 마시고 있는 태하에게 그녀가 몇 가지 질문을 더 했다.

"그럼 좋아하는 음식은 어떤 종류예요?"

"뭐, 말씀하신 것처럼 한식이 가장 좋겠지요."

"그럼 특별히 싫어하시는 음식은요?"

"가리는 것은 없습니다만, 단것을 즐기지 않습니다. 초콜릿이나 사탕 같은?"

"그렇군요."

그녀는 태하의 말을 수첩에 받아 적고 있다.

"제 말을 지금 다 받아 적고 있는 겁니까?"

"네, 그래요. 왜요?"

"아, 아니요, 그런 것을 필기까지 하면서……."

"남편의 취향을 잘 아는 것은 아내로서 중요한 일이에요. 그게 추후에 우리 집안의 가풍이 될 테니까요."

태하는 고개를 절레절레 흔들었다.

"이봐요, 설아 씨."

"말씀하세요."

"당신은 모든 일을 너무 거시적으로 생각하는 측면이 있네요."

"무슨 말씀이시죠?"

"그림을 너무 크게 그린다는 말입니다."

이번에는 그녀가 실소를 흘렸다.

"홋, 그럼 미래를 설계하는 데 바로 앞만 보는 사람도 있어요?"

"그렇지는 않습니다. 하지만 당신은 뭐랄까, 너무 거대한 그림만을 본다고나 할까요?"

"그게 내 장점이에요."

"…그래요, 그렇긴 하겠죠."

태하는 '당신은 너무 숨이 막혀요'라는 말을 내뱉으려다가 목구멍 속으로 마구 욱여넣었다.

괜히 긁어 부스럼을 만들기 싫었기 때문이다.

그녀는 태하의 말을 받아 적고 난 후 아주 덤덤한 투로 물었다.

"그런데 당신은 내가 왜 싫어요?"

"…뭐라고요?"

태하는 너무 단도직입적인 그녀의 질문에 자신의 두 귀를 의심하였다.

그녀는 다시 한 번 그의 귀에 믿을 수 없는 단어를 박아 넣었다.

"내가 왜 싫으냐고 물었어요. 당신은 내가 싫죠?"

"아, 아니요. 그런 것은 아닌데……."

"그럼 왜 내가 하는 것마다 계속 태클을 걸어요?"

"그건⋯⋯."

"그리고 결정적으로 당신은 나와 만나서 단 한 번도 웃은 적이 없어요."

그는 뒤통수를 망치로 얻어맞은 것 같았다.

하는 짓이 너무 철두철미해서 상처를 안 받을 것이라고 생각했지, 그녀도 여자라는 사실을 까마득히 잊고 있었다.

'그래, 그녀도 사람이지.'

태하는 미소를 지었다.

"훗."

"왜요? 뭐가 웃겨요?"

"그냥 내가 지금 무슨 짓을 하는 것인가 싶어서요."

"⋯⋯?"

그는 남궁설아의 손을 잡았다.

"일어납시다."

"네, 네?"

"이곳이 남궁가의 소유라고 했죠?"

"그, 그렇죠."

"잘되었군요. 차는 이곳에 두고 택시를 타고 갑시다. 같이 갈 곳이 있어요."

"어디를⋯⋯."

"가보면 압니다."

태하는 그녀의 손을 잡고 한강변으로 향했다.

*　　　　*　　　　*

해가 기울어져 이제 막 술잔을 기울이기 좋은 시간이 되었다.

와글와글.

태하는 포장마차에 자리를 잡았다.

그는 낙지탕탕이에 닭똥집볶음을 시켜놓고 테이블 위에 소주 한 병을 올려놓았다.

소주가 놓인 테이블에는 기본 안주로 어묵탕, 계란말이, 오이, 당근, 미역국이 자리 잡고 있다.

태하는 조금 굳은 표정의 그녀에게 말했다.

"맛있어요. 한번 먹어봐요."

"…이런 곳에서 술이라니……."

"왜요? 포장마차에 거부감이라도 느낍니까?"

"아니요, 그런 것은 아니지만……."

태하는 자신이 이 세상에서 가장 좋아하는 곳 중 하나인 포장마차를 그녀에게 보여주고 싶었다.

그는 그녀에게 자신의 모든 것을 보여주었다.

"내가 뭘 좋아하냐고 물었죠?"

"그랬죠."

"보시다시피 나는 포장마차를 너무 좋아합니다. 술도 좋고 사람도 좋지요. 이런 소탈한 자리야말로 내가 있어야 할 곳이라는 생각이 들어요."

"…그래요?"

"네, 그래요."

가만히 태하를 바라보던 그녀가 부드러운 미소를 지었다.

"손뼉도 맞아야 소리가 난다는 말, 진심이었어요?"

"그럼 내가 거짓말이나 할 사람으로 보입니까? 제가 원래 좀 어수룩한 면이 있긴 합니다만, 그렇다고 거짓말을 할 스타일은 아닙니다."

"알아요. 그래 보여요."

잠시 후, 살아서 꿈틀거리는 낙지가 접시에 담겨 나왔다.

상추 위에서 춤추고 있는 낙지 위에 참기름과 깨소금, 쪽파가 송송 썰어져 올라가 있다.

그녀는 신기한 듯이 낙지를 바라보았다.

"살아서 움직이네요."

"아직까지 신경이 죽지 않았으니까요. 연체동물, 문어 사촌들은 대부분 이래요. 잘라놓으면 다리가 꿈틀거리죠."

남궁설아가 갑자기 깔깔거리며 웃었다.

"오호호, 문어 사촌이요?"

"왜요?"

"문어 사촌이라니 귀여워서요."

태하가 실소를 흘렸다.

"웃음 포인트가 상당히 특이하시네요."

"그런가요? 그런 소리는 처음 들어보는데요?"

"확실히 그래 보여요."

남궁설아는 자신이 먼저 소주병을 열었다.

끼릭, 끼릭!

"한잔할까요?"

"소주도 마실 줄 알아요?"

"마셔본 적은 없습니다. 원래 술을 즐기는 편이 아니어서요. 하지만 분위기가 좋으니 한잔하고 싶네요."

여자는 분위기에 약한 동물이라고 하던가?

그녀 역시 여자라서 그런지 은근한 낭만이 가득한 포장마차에 웃음꽃이 피니 저절로 술이 당기는 모양이다.

태하는 그녀에게 술잔을 받고 반대로 그녀의 잔도 함께 채워주었다.

"혼자서 자작하면 시집을 못 간답니다."

"그런 미신도 있어요?"

"그래서 앞사람이 자작하면 3년이 재수 없다는 소리가 있죠."

"지금 내 혼사 걱정해 주는 건가요? 약혼자라는 사람이?"

"얘기가 그렇게 되나요?"

"그래요."

태하는 다짜고짜 잔을 들었다.

"에라, 모르겠다! 짠!"

"호호, 그래요. 한잔 마셔요."

그녀는 태하가 만든 이 술자리가 그리 나쁘지 않은 모양이
다.

*　　　　*　　　　*

깊은 밤, 태하와 설아는 꽤 많은 술을 비웠다.

적당히 술에 취한 설아가 태하에게 뜻밖의 제안을 해왔다.

"태하 씨, 우리 노래방 한번 가보면 안 될까요?"

"노래방이요?"

"태어나서 한 번도 안 가봤거든요."

"안 해본 것이 참 많네요."

그녀는 쓰게 웃었다.

"그러게 말이에요. 태어나서 못 해본 것이 참 많네요. 저는
꼭 유리창 안에 갇혀서 살아온 사람 같아요."

"누구나 자신의 유리창 하나쯤은 가지고 있습니다. 문제는

그것을 뚫고 나오느냐 나오지 못하느냐 하는 것이죠."

"유리창을 뚫고 나온다."

"물론 유리창을 뚫다가 피가 날 수도 있고 상처를 입을 수도 있습니다. 그래도 시도도 못 하고 늙어 죽을 때까지 유리창 안에 갇혀서 사는 것보다는 피를 철철 흘리는 편이 낫습니다."

설아가 미소를 지었다.

"흠, 좋은 말이네요. 인생 공부가 되었어요."

"뭘 이 정도 가지고."

그녀는 자리를 박차고 일어섰다.

"가요! 노래방이라는 곳을 한번 가봐야겠어요!"

"괜찮겠어요? 소주를 처음 마신다면서요."

"훗, 소주가 처음이라고 했지 술이 처음이라고는 하지 않았어요."

"하하, 그런가요?"

그녀가 철두철미하게 태하를 몰아붙인 것은 나름대로의 콤플렉스가 있었기 때문이다.

강박에서 벗어난 그녀는 상당히 홀가분해 보였다.

"즐거워 보이네요."

"그래요?"

"보기 좋습니다. 그런 모습 오래도록 간직했으면 좋겠습니다."

"태하 씨 덕분이죠."

그녀는 태하의 손을 잡았다.

"가요. 어딘지는 몰라도 걷다 보면 놀 만한 곳이 나오겠죠."

"하하, 개척자 정신까지?"

"우리 남궁씨의 특징이죠. 앞으로 나아가지 못하면 죽음뿐이다."

"그래요. 앞으로 나가봅시다."

태하는 그녀와의 술자리가 무척이나 즐거웠다.

*　　　*　　　*

캘리포니아 주 비버리힐즈의 고급 빌라 '비티'로 피투성이가 된 여자가 들어섰다.

그녀는 지문 인식으로 움직이는 빌라의 스크린 도어에 자신의 손도장을 찍었다.

삐빅.

―인증되었습니다.

스크린 도어가 보안 인증을 통하여 열리자 빌라 전체에 불이 들어왔다.

빌라는 스마트 시스템으로 건물 전체를 제어하기 때문에

건물 주인에게 최적화된 움직임을 보인다.

그녀가 빌라로 들어서자마자 샤워실의 문이 열리면서 월풀 욕조에 따뜻한 물이 받아졌다.

쏴아아아아!

ㅡ입욕제를 선택해 주십시오.

"블루 라벤더."

목소리 하나로 모든 것을 조종할 수 있기 때문에 굳이 사람이 움직이지 않아도 샤워 준비를 마칠 수 있다.

그리고 그녀가 샤워를 마치고 나면 먹을 수 있도록 알아서 토스트를 준비하고 냉장고의 전용 칸에서 식자재를 꺼내어 아일랜드 식탁 위에 올려놓았다.

그녀는 피투성이가 된 환자복을 벗고 더러워진 자신의 몸을 샤워기 안으로 밀어 넣었다.

쏴아아아아!

"후우, 좀 살 것 같군."

흙먼지와 피딱지가 뒤엉켜 만들어진 응어리가 떨어져 나가면서 매끈한 그녀의 나체가 드러났다.

엄청나던 핏자국이 무색할 정도로 깔끔한 그녀의 피부 곳곳에는 새살이 차오른 흔적이 보였다.

그녀는 스스로의 몸을 바라보며 감탄사를 자아냈다.

"실로 엄청난 재생력이군. 이런 병기들이 세상을 돌아다니게 된다고 생각하면……."

샤워를 마친 그녀는 월풀 욕조 안으로 들어가 마사지를 받았다.

지이이이잉!

비록 뭉친 근육이 있는 것은 아니었지만 마사지는 정신적인 피로를 덜어주는 효능도 있기 때문에 받아서 나쁠 것은 없었다.

잠시 후, 그녀는 욕조 바로 위에 있는 태블릿PC를 클릭하여 인터넷에 접속하였다.

현재 인터넷에는 제약회사 '바트린'의 주가 상승에 대한 기사로 도배되어 있었다.

바트린 제약의 주가가 폭등한 것은 그들이 개발한 신약과 줄기세포 신경 이식에 대한 것 때문이었다.

신체를 재구성해 주는 신물질인 '리뉴전트'는 생로병사의 핵심이라고 일컬어진다.

바트린 제약은 리뉴전트를 개발하고 이것으로 생체 실험을 진행하였는데 놀라운 결과가 나왔다.

리뉴전트는 80세 노인의 신체를 재구성하여 50대로 되돌리는 데 성공하였고, 그가 가지고 있던 지병과 당뇨를 치료하였다.

이로써 리뉴전트가 인간의 노화된 조직을 파괴하고 재생시켜 회춘 작용을 한다는 것이 밝혀진 셈이다.

바트린 제약은 리뉴전트를 알약의 형태로 만들어 보급할 수 있는 핵심 기술을 개발하여 신약 개발에 박차를 가하는 중이다.

또한 리뉴전트로는 치료가 불가능한 신경 계통 이상 질병을 고칠 수 있는 방안으로서 정제된 몬스터 줄기세포 이식 수술을 학문으로 정립시켰다.

이로써 선천적, 후천적 신경 계통 이상을 치료할 수 있는 획기적인 방안이 정립된 것이다.

바트린 제약은 이제 비아그라 이후 이 세상에서 가장 주가가 높은 제약회사로 발돋움하게 되었다.

벌써부터 종합병원, 대학병원, 관공서 등에서 사전 계약을 하겠다며 몰려들어 회사 앞은 인산인해를 이루고 있었다.

바트린 제약은 이 모든 이론을 증명하고 연구를 성공적으로 완수시킨 선임 연구원 카트리나 캐리언을 광고 모델로 기용하고 그녀의 업적을 대대적으로 홍보하였다.

이로써 학계에서도 바트린 제약은 떠오르는 샛별로 그 명성을 떨칠 수 있게 되었다.

그러나 정작 바트린 제약의 선임 연구원 카트리나 캐리언은 지금 행방불명이 된 상태였다.

지금 이곳에 있는 그녀, 욕조에 몸을 담근 그녀가 바로 카트리나였다.

그녀는 스스로에게 감행한 끔찍한 실험으로 인해 만신창이가 되었고, 그 때문에 겪은 정신적 고통을 이기지 못해서 자살까지 생각했다.

그러나 그 엄청난 고통을 이겨내고 가까스로 연구소에서 탈출하였다.

바트린 제약이 실시하려는 정제 몬스터 줄기세포 이식은 생체 병기를 양산하기 위한 이론일 뿐이었다.

그들은 정제된 줄기세포를 인체에 지속적으로 이식함으로써 생체 병기를 만드는 이론을 확립시키려는 것이었다.

또한 리뉴전트는 몬스터 코어에서 추출한 정체불명의 물질이며, 그것을 잘못 사용하면 신체가 변이되어 이성을 상실한 괴물로 돌변하는 부작용이 있었다.

이른바 리뉴전트 바이러스라고 불리는 이 바이러스는 혈액과 혈액으로 전염되기 때문에 잘못하면 대형 참사를 불러일으킬 수 있었다.

아직까지 양산에 들어갈 수 있을 정도의 기술력 보강이 이뤄지지 않은 상태이기 때문에 더 늦기 전에 프로젝트를 파기시키면 참사까진 일어나지 않을 것이다.

그녀는 임상 시험 제1호인 자신의 신체 능력이 향상되는 것을 경험하고 노인과 소아암 환자들에게 임상 시험을 했다.

그러나 그것은 피시험자들을 괴물로 만드는 결과를 낳았고, 그나마 숨이 붙어 있던 그들을 죽음으로 몰고 갔다.

이때의 자괴감이 그녀의 눈을 뜨게 만들어 정신을 차린 괴물로 거듭난 것이다.

현재 그녀의 신체는 스스로 진화를 일으킬 수 있는 리뉴전트 변종 바이러스가 침투하여 신경 체계 변형이 진행되었다.

변종 바이러스가 일으킨 신체의 변화로 인해 그녀는 취식을 통해 상대방의 DNA를 흡수할 수 있는 능력이 생겼다.

지금까지 그녀가 하늘을 날고 위장술을 펼치는 등의 능력을 보인 것도 모두 취식한 동식물에게서 얻은 능력이었다.

만약 그녀가 원한다면 몬스터의 혈액을 통하여 그들이 가진 능력을 취하는 것도 가능했다.

한마디로 그녀는 앞으로 그 어떤 진화를 일으켜도 이상하지 않은 사람이 된 것이다.

대략 30분 동안 몸을 깨끗이 씻은 그녀는 자신이 입기 가장 좋은 옷 몇 벌을 챙겨 짐을 쌌다.

그녀는 제약회사에서 받은 배당금을 저축해 놓은 통장과 USB를 목걸이 형식으로 만들어 착용했다.

본인이 아니면 국가에서도 손을 댈 수 없는 계좌이기에 그들에게 돈을 빼앗기지 않았다.

아마 이곳에서 무사히 탈출하기만 하면 앞으로 자신의 정

보를 보호해 주고 몸을 의탁할 사람을 수소문해 볼 수 있을
것이다.

　그녀는 짐을 챙겨 집을 나섰다.

제2장
돌연변이 그녀

이른 아침, 사성회 본사로 경찰들이 찾아왔다.

경찰은 사성회의 부회장 이세민의 실종 신고를 받고 사성회로 조사를 나온 것이었다.

사성회의 비서실을 시작으로 그룹의 경영 본부까지 회사 내부의 모든 부서가 조사를 받았다.

총괄이사 태하 역시 조사 대상에서 예외는 아니었다.

서울 강남경찰서 조준명 경사는 태하에게 몇 가지 질문을 던졌다.

"김태진 씨, 33세, 직업 기업가, 소속 사성회, 맞습니까?"

"예, 맞습니다."

"작고하신 김명화 전 총괄이사님의 뒤를 이어 사성그룹의 총괄이사가 되셨군요?"

"그렇게 되었지요."

"그렇다면 이세민 부회장님과는 사이가 어땠습니까?"

태하는 자신이 느낀 그대로 빠짐없이 서술하였다.

"사이가 좋고 나쁘고를 따질 것도 없습니다. 부회장님과 저는 얼굴도 몇 번 못 본 사이거든요."

"으음, 그래요?"

조준명 경사는 곧바로 후계 구도와 경영 현장에 대해 물었다.

"듣자 하니 김명화 선생께서 사성회의 차기 회장으로 추대되었다고 하더군요. 그렇다면 김태진 씨가 다음 부회장으로서 추대되는 겁니까?"

"그렇지는 않습니다. 아직까진 후계 구도가 어떻게 될지 아무도 모릅니다."

"그래요. 사성회는 명화방이나 백명회, 화랑회처럼 능력 위주로 회장을 등용하지요. 그렇다면 당신이 총괄이사직을 물려받은 것에 대해 불만을 품은 사람은 없습니까?"

태하는 자신의 소신껏 발언하였다.

"형사님 말씀대로 저는 원래 사성회의 경영자 수업을 받은 적이 없습니다. 하지만 아버지의 무공을 계승하고 상승무공을 재현함으로써 권법의 전승비기를 제작할 예정입니다. 그렇다는 것은 아버지의 정통 제자가 바로 저이고 그 정통성을 이어받을 자격이 있는 겁니다. 그래서 제가 뻔뻔하게도 총괄이사 직함을 달게 된 것이고요. 만약 그에 대한 불만을 품었다면 어쩔 수 없지요."

"그러니까, 적이 아주 없을 수는 없다는 말이시군요?"

"물론입니다. 주변에 적이 없을 수는 없습니다. 다만 그들이 아직까지 대놓고 불만을 토로하지 않는다면 저로서도 그가 누구인지는 알 수가 없지요."

아마도 조준명 경사는 태하가 부회장 이세민과 적대적 관계를 형성하여 그를 살해한 것은 아닌지 의심하고 있던 모양이다.

그러나 알리바이가 완벽하고 이세민과는 접점이 없는 태하이기에 별다른 혐의점을 찾아볼 수 없었다.

조준명은 태하에게 명함을 한 장 건넸다.

"아무튼 말씀 잘 들었습니다. 이건 제 명함이니 혹시라도 이세민 씨에 대한 정보가 생기면 연락 좀 부탁드리겠습니다."

"물론입니다."

자리에서 일어난 조준명이 총괄이사 집무실을 나서려다 말고 문득 태하에게 물었다.

"아 참, 그러고 보니 형제가 있으시죠?"

"예, 그렇습니다. 형이 한 명 있습니다."

"아주 전도유망한 의사라고 하더군요. 그런 형님을 두어서 좋으시겠습니다."

"유능한 형이 있어서 좋습니다. 제 자랑이지요."

"그렇다면 형님께선 이세민 씨와 인연이 있으십니까?"

태하가 고개를 갸웃거렸다.

"그게 무슨 말씀이십니까?"

"말 그대로입니다. 이세민 부회장님과 인연이 있는지 궁금해서 묻는 겁니다."

태진으로 변장한 태하이기에 그 속내를 전부 다 드러냈다는 의심을 살 수도 있었다.

"글쎄요. 형이 어려서부터 그룹에 몇 번 드나들기는 했습니다만, 워낙 무공을 싫어해서 어느 순간부터는 발길을 끊었다고 들었습니다. 그 이외의 것은 제가 알 수 없는 것들이라서 뭐라 말씀드리기 힘들군요."

"그렇군요."

아무래도 말투가 조금 거슬리긴 했지만 아무런 접점이 없는 태하를 의심할 수는 없을 것이다.

조준명은 그에게 깊이 고개를 숙였다.

"아무튼 말씀 감사합니다. 그럼 저는 이만……."

"살펴 가십시오."

두 사람은 별다른 인사는 나누지 않았다.

경찰과 일반인이 인연을 만든다는 것은 그다지 좋은 일이 아니기 때문이다.

좋은 일이든 나쁜 일이든 경찰서와 병원은 드나들지 않는 것이 좋다는 말이 있듯 태하는 어지간하면 다신 경찰과 엮이고 싶은 마음이 없었다.

*   *   *

며칠 후, 이세민의 실종에 대한 정보를 가지고 츠바사가 태하를 찾아왔다.

KP그룹의 옥상에서 단출한 술상을 앞에 놓고 마주한 두 사람은 제법 느긋하게 대화를 나누었다.

츠바사는 이세민의 실종이 단순 실종이 아니라고 주장하였다.

"그는 지금 일부러 잠적한 거야. 실종이 아니라고."

"이세민 부회장이 어째서 일부러 잠적했다는 거야?"

"얼마 전 우리 하오문으로 한 여자가 연락을 취해 왔어. 그녀는 원래 우리 하오문과 아주 짧은 인연이 있던 여자지. 그런데 그 여자가 우리에게 신원 보장을 요구하면서 보내온 자료가 있어."

그는 태하에게 자료의 일부분을 발췌한 A4용지를 건넸다.

"한번 읽어봐."

태하는 츠바사가 건넨 종이를 읽어보곤 화들짝 놀랐다.

그가 건넨 용지에는 현재 미국 시장에서부터 선풍적인 반응을 얻어내고 있는 리뉴전트에 대한 부작용이 나열되어 있었던 것이다.

또한 그녀는 리뉴전트를 개발한 바트린 제약이 청야성의 끄나풀이며 자신을 청야성과 연결시킨 사람이 바로 이세민이라는 증거를 제시하였다.

"그녀의 말에 의하면 자신이 미국 SOP제약에서 개발이사로 일하던 당시 스카우트 제의를 한 사람이라고 하더군. 그 조건이 워낙 파격적이라서 받아들이기 했지만 그게 인생을 망치는 지름길이 될 줄은 몰랐던 거지."

"그럼 그 신원 보장 요청을 해온 사람은 왜 조직을 배신한 거지?"

"말했다시피 리뉴전트의 부작용 때문에 고통스러운 삶을 살고 있어. 만약 이대로 리뉴전트가 전 세계로 팔려 나간다면 그녀와 비슷한 고통을 겪는 환자들만 양산하는 꼴이 되어버리고 말겠지."

"그녀는 대형 참사를 막기 위해서 스스로를 희생한 것이로군."

"그렇다고 볼 수 있지. 하지만 궁극적으로 그녀가 바트린 제약에서 뛰쳐나온 것은 자신 스스로를 구원하기 위함이기도 해."

"아무튼 그녀가 이세민에 대한 자료를 보낸 것은 알겠는데, 이세민은 어째서 잠적까지 한 거지?"

"그녀가 말하기론 자신이 바트린 제약을 통해서 청야성의 정보 조직 노스트룩스의 데이터베이스로 침투했다고 하더군. 그런데 그 데이터베이스로 침투할 때 조직의 통합 아이디를 사용했는데, 그 아이디가 바로 이세민의 것이었대. 그러니까 이세민은 아주 오래전부터 청야성의 일원이었다는 소리지."

"설마하니 이세민이 끄나풀이었을 줄이야……."

"그런데 웃긴 것은 그로 인해서 이세민이 청야성의 추격을 받는 도망자 신세가 되었다는 거야. 아마도 이세민이 잠적한 것은 살해 위협을 받고 있기 때문이겠지. 그렇지 않고선 그만한 인물이 도망을 칠 이유가 없잖아?"

태하는 실소를 흘렸다.

"훗, 상황이 재미있게 흘러가는군."

"아무튼 간에 그녀가 말하기를 이세민을 찾으면 청야성의 끄나풀이 어디에 얼마나 깔려 있는지 알 수 있을 거래."

"그를 잡아서 심문을 하려는 건가?"

"아니야. 그녀가 USB 형태로 자료를 빼내려는데 일반적인 방법으론 반출이 안 되고 개인 아이디로 락을 걸어서 반출할 수 있었다고 하더라고. 그 락을 걸 때 흔적이 남아서 꼬리가 밟힌 것이기도 하고."

"그럼 그 락을 풀 수 있는 방법은 이세민을 통해서만 할 수 있는 건가?"

"그런 셈이지. 락을 해제하는 데 이세민의 지문과 DNA 정보가 필요하대. 지문을 일종의 문자로 해석하는 프로그램이 있는데, 그 프로그램을 이용하면 락을 해제하는 비밀번호를 알아낼 수 있는 거지. 거기에 DNA 정보가 가진 고유의 패턴을 암호로 인식하는 프로그램으로 추출한 2차 비밀번호를 가지고 있어야 완전히 해제가 가능해."

"청야성이 생각보다 철저한 놈들이구나."

"정보를 반출한 놈을 끝까지 추격하기 위한 방책이라고나 할까? 아무튼 지금으로선 우리가 이모부의 복수를 할 수 있는 가장 좋은 기회라고 생각해. 청야성의 끄나풀을 제거하지 않으면 복수에서 한 걸음 멀어질 수밖에 없잖아?"

"그래, 그건 그렇지."

"아무튼 나는 이세민을 찾아볼 테니까 형이 제보자를 만나서 그녀의 신변을 보호해 줘. 러시아 안전 가옥까지만 와주면 나머진 우리가 알아서 할게."

"알겠어."

태하는 그녀와의 접선을 위해 캐나다로 향했다.

*　　　　*　　　　*

캐나다 퀘벡의 그랜드 퀘벡 호텔의 지하 창고에 불이 켜져 있다.

어지간해선 잘 사용하지 않는 이곳의 지하 창고는 일 년에 단 세 번 청소만 할 뿐 별다른 관리를 하지 않는다.

태하는 그랜드 퀘백 호텔의 화려함과는 영 거리가 먼 지하실에 들어서자마자 기침을 해댔다.

"쿨럭쿨럭!"

케케묵은 곰팡이와 먼지에 폐가 본능적으로 반응한 것이다.

그는 고개를 절레절레 흔들었다.

"하오문은 대단한 사람들이야. 전 세계 어느 곳이라도 접선할 만한 장소가 있군그래."

이미 출입국 사무소에서 출국 통제를 걸어버린 그녀이기 때문에 밀항이나 불법 입국이 아니고선 미국을 나갈 방법이 없었다.

그래서 미국과 접경해 있는 캐나다의 퀘벡으로 밀항하여

그랜드 퀘벡 호텔까지 오는 경로를 이용한 것이다.

지금 그녀가 이용한 이 경로는 하오문이 미국에서 사람을 빼돌릴 때 자주 사용하는 것으로, 그랜드 퀘벡 호텔은 각종 신분 세탁과 밀항선 알선 등의 업무를 해준다.

밀항이나 신분 세탁이라고 하면 흔히 후미진 골목의 암흑가만을 생각하게 마련이지만 하오문은 일이 은밀하면 은밀할수록 화려함을 선택했다.

등잔 밑이 어둡다는 말은 괜히 나온 것이 아닌 셈이다.

하오문은 항공사를 시작으로 해운회사, 초대형 크루즈, 여행사, 경호회사 등 사람을 빼돌리고 신변을 보호하는 데 사용할 회사들을 대거 거느리고 있다.

만약 그들이 마음만 먹는다면 북한에서 사람을 빼돌리는 것도 가능할 것이다.

잠시 후, 호텔 지하실에 숨어 있던 그녀가 모습을 드러냈다.

그런데 태하의 품속에 똬리를 틀고 있던 백룡이 그녀를 보자마자 으르렁거리며 경계의 눈초리를 했다.

크르르르릉!

"……?"

처음엔 놈의 반응이 왜 이런지 이해할 수 없던 태하이지만, 잠시 후에 완전히 드러난 그녀의 얼굴에서 답을 찾았다.

그녀는 몬스터의 DNA 결합으로 인해 이미 반수화가 완벽히 진행되어 몬스터의 진한 향기가 뿜어져 나오고 있었던 것이다.

"눈동자가 참 오묘하군요."

"첫인상이 오묘한가요?"

"뭐, 일반적이라곤 말할 수 없습니다. 그렇다고 거부감이 느껴지지는 않았고요."

"그 정도면 성공적입니다. 저는 거울만 봐도 제 자신이 너무 혐오스러워서 견딜 수가 없거든요."

잠시 후, 그녀가 한차례 각혈을 했다.

"콜록콜록! 우웨에에엑!"

"왜 그러십니까? 어디 아프기라도……."

"독에 중독되었습니다. 가까스로 버티고 있긴 하지만 그리 오래가지는 않을 거예요."

태하는 그녀의 맥을 짚어보았다.

그가 느끼기에 맥이 비정상적으로 빠른 데다 부정맥까지 있어서 잘못하면 심장 발작이 일어날 수도 있을 것 같았다.

곧바로 동공과 체열을 측정한 태하는 그녀가 심각한 중독 증상을 보인다고 판단하였다.

"흠, 그래요. 확실히 독이 침투한 것 같군요. 어떤 독에 중독되었는지 알고 있습니까?"

"포이즌 테이커의 독낭에서 추출한 독입니다."

태하는 포이즌 테이커에 대한 정보가 없어서 백룡에게 해당 종에 대한 정보를 물었다.

그러자 녀석은 태하의 눈앞에 파노라마를 만들어내어 포이즌 테이커의 정보를 공유해 주었다.

그는 단 3분 만에 포이즌 테이커의 정보를 숙지해 냈다.

"맹독을 사용하는 몬스터 중에서도 거의 최상급에 속하는 종이군요. 이런 종의 독을 어떻게 추출한 것이죠?"

"몬스터 DNA를 채취하여 줄기세포를 만드는 사람들이 그 정도도 못 하겠어요?"

"흠, 그렇군요."

태하는 지금 당장 그녀의 신병을 확보하여 움직인다고 해도 독에 중독이 되어선 제대로 거동조차 할 수 없을 것이라 판단하였다.

그나마 신경 억제제를 사용하여 독이 몸 안으로 퍼지는 것을 늦추긴 했지만 이제는 그 약에도 내성이 생겨서 해독제를 복용하는 것 말고는 방법이 없었다.

그는 카트리나의 신병을 끝까지 확보하기 위해선 포이즌 테이커의 독을 확보하는 것 말고는 방법이 없다고 판단하였다.

"한 3일만 숨어 있을 곳을 찾아드릴 테니 그곳에 계십시오. 제가 놈의 독낭을 채취해서 오겠습니다."

"…하지만 그놈은 아무나 잡을 수 있는 그런 몬스터가 아니에요."

"후후, 괜찮습니다. 아무 몬스터도 못 잡는 인간이 아니거
든요,"

그녀는 실소를 흘렸다.

"후후, 그렇군요. 정말 할 수 있겠어요?"

"걱정하지 말아요. 저에겐 아주 대단한 친구들이 있거든
요."

"친구?"

"아아, 식구라고 정정하겠습니다."

"……?"

"아무튼 이곳에서 조금만 더 기다려요. 제가 생각할 때엔
미국에서 가까워도 이곳보다 더 확실한 장소는 없을 것 같습
니다. 이대로 비행기를 타기엔 무리가 있으니 신경 억제제로
최대한 버티면서 기다려 봐요. 좋은 소식을 가지고 오겠습니
다."

"고마워요."

태하는 곧장 남미행 비행기에 몸을 실었다.

*　　　　*　　　　*

늦은 밤, 청림이 서울역 근처 대폿집을 찾았다.

이제는 세력권을 확충한 개방이 서울역 인근 대폿집 15개를 인수하여 방의 제자들이 기거하면서 하루 종일 술을 퍼마실 수 있게 만들어놓았다.

물론 이 안에서 만들어지는 안주나 마시는 술은 전부 개방의 제자들이 손수 만들어내는 것들이다.

겉으로 보기엔 아주 허름하지만 그 안에 있는 음식이나 술의 질은 7성급 호텔 부럽지 않았다.

청림은 개방의 임시 방주인 이명수에게 태하의 말을 전하였다.

"이세민은 지하 무인들의 공적입니다. 아직까지 그 악행이 낱낱이 드러나지 않아서 그렇지 개방을 와해시킨 청야성의 끄나풀임이 분명합니다."

"흠, 그렇다면 그 극악무도한 자가 우리의 철천지원수임이 틀림없겠군요."

"물론입니다."

이명수는 대폿집에 모여 있는 장로들과 분타주들에게 물었다.

"자네들이 생각하기에 이세민을 잡는 일이 타당하다고 생각되는가?"

분타주들과 장로들은 봉을 들고 바닥을 쿵쿵 찧으면서 말했다.

쿵, 쿵, 쿵!

"그런 육시랄 놈은 잡아서 족쳐야 제맛 아니겠습니까?!"

"지금 당장 제자들과 함께 그놈을 잡으러 갑시다! 명색이 개방의 장로가 되어서 그런 소리를 듣고도 가만히 있어서야 되겠습니까?"

청림은 그들에게 이세민의 신상 명세 정보를 건네주었다.

"다들 잘 아시리라 생각합니다만, 그래도 다시 한 번 확인해 주십시오."

장로들은 이세민의 얼굴을 확인하곤 이내 고개를 끄덕였다.

"그래, 우리가 아는 그놈이 이 놈팡이가 맞아."

"그럼 언제부터 움직일까?"

"기다릴 것이 뭐 있겠습니까? 안 좋은 일일수록 빨리 처리하는 것이 이롭지 않겠습니까?"

"좋아, 그럼 당장 제자들을 모아서 그놈의 모가지를 비틀기로 하지."

개방은 한번 뜻이 모이면 아주 빠르게 움직이는 집단이기 때문에 붐을 형성하는 것만 해결되면 아주 강력한 결집력을 보인다.

청림은 태하의 뜻을 전하고 난 후 또 하나의 의뢰를 더 건넸다.

"저……."

"따로 부탁할 것이라도 있습니까?"

"혹시 남궁가에 대해서 알 수 있을까요?"

이명수가 고개를 갸웃거렸다.

"남궁 가문? 그들에 대한 정보는 왜 필요한 것입니까?"

"실은……."

어차피 남궁가와 한양 김씨 일가가 사돈으로 맺어지게 되면 태하와 설아에 대한 얘기는 공공연하게 퍼질 것이다.

개방은 그런 일에 전혀 신경을 쓰고 있지 않다가 그녀의 얘기를 듣곤 두 가문의 연결에 대해 관심을 갖게 되었다.

"한양 김씨와 남궁씨 일가가 손을 잡다니, 호랑이의 등에 날개를 다는 격이로군."

"그렇기만 그 두 집안은 원래 사돈을 맺기로 했었습니다 지금 와서 다시 사돈을 맺는다고 해서 이상할 것은 없지요."

"하지만 남궁씨가 파혼의 굴욕을 잊고 다시 동맹을 맺다니, 쉽지 않은 결정을 내렸군."

이명수는 청림에게 기꺼이 정보를 주겠노라 약속했다.

"삼 일 후 아가씨의 핸드폰으로 파일을 보내드리겠습니다."

"감사합니다."

"별말씀을."

그는 청림에게 이번 정략에 대한 개인적인 견해에 대해서 피력했다.

"이건 그냥 노파심에서 말씀드리는 겁니다만, 저는 아가씨가 김 회장의 정인이라고 생각했습니다."

"…왜 그렇게 생각하셨나요?"

"그냥… 사람에겐 감이라는 것이 있지 않습니까? 제 특유의 촉으로 미뤄보건대 두 사람은 이미 연애의 감정이 싹튼 것 같았습니다."

그녀는 멋쩍게 웃었다.

"후후, 그렇다면 장로님의 촉이 좀 상한 것 같군요."

"그, 그렇습니까?"

이명수가 헛다리를 짚자 주변에서 개방의 장로들과 제자들의 웃음소리가 들려온다.

"낄낄낄, 그럼 그렇지!"

"이보시오, 사형! 사형께선 아직까지 처자식도 없는 양반이 무슨 연애의 감정을 들먹이시는 겁니까?"

"…뭐야?! 이놈들이 근데!"

껄껄껄 웃는 개방의 장로들을 바라보며 청림이 다소 심란한 표정을 지었다.

그녀 스스로조차 지금 그의 촉이 맞는지 틀린지 분간을 할 수 없었기 때문이다.

'오라버니께선……'

오늘 따라 그녀의 표정이 어두워 보인다.

*   *   *

이세민을 찾기 위한 하오문의 움직임이 본격적으로 시작됨에 따라 전 세계 방방곡곡에 모여 있던 정보원들이 미국 보스턴으로 모여들었다.

미국 보스턴에는 하오문의 전초기지 격인 중앙 정보 시설이 위치해 있는데, 이곳으로 하오문의 모든 정보가 모여든다고 볼 수 있었다.

츠바사는 부방주로서 이세민을 반드시 찾아내겠다는 포부를 밝혔다.

"이세민은 이미 지하 무인 세계의 공적임이 밝혀졌습니다. 아무리 우리가 음지의 세력이라곤 하지만 엄연히 지하 세계의 한 축을 담당하고 있습니다. 우리가 갖는 영향력이 결코 작지 않은 바, 당연히 우리의 몫을 해야 할 줄로 압니다."

"예, 부방주님. 지당하신 말씀입니다."

그는 이세민의 예상 도주로인 유럽 남부와 중국 북서부를 제1 타깃으로 삼고 아메리카 대륙을 제2의 타깃으로 삼았다.

"목표물은 유럽 남부와 아메리카 대륙에 자주 출몰했다고 합니다. 그쪽 뒷골목을 샅샅이 뒤지는 것이 중요할 겁니다."

"예, 잘 알겠습니다."

"또한 우리와 함께 정보를 공유하게 될 개방과도 긴밀하게 연락을 주고받아 최대한 포위망을 타이트하게 조이는 것이 중요하겠습니다."

"개방이 참여하게 되면 명화자객단은 어떻게 되는 겁니까?"

"일단 명화자객단은 사성회와의 관계가 얽혀 있어서 당분간 움직이지 않기로 했습니다. 자칫 잘못했다가는 또다시 전쟁이 발발할 수도 있으니까요."

현재 지하 세계는 일촉즉발의 상태로, 이미 청야성이 깔아 놓은 도화선이 곳곳에 깔려 있었다.

만약 지금 명화방과 사성회가 전쟁을 일으키게 되면 또다시 지하 세계가 사분오열되어 피바람을 몰고 올 것이다.

그렇게 되면 수십 년간의 노력이 물거품이 되어 골육상잔이 난립하게 될 것이 분명했다.

"우리는 최대한 빠르게 이세민을 잡아들입니다. 아마도 사성회의 제자들 일부가 우리의 행보에 방해가 될 것이라고 생각합니다. 그렇지만 이세민은 사성그룹 내부에서도 가만히 내버려 둘 수 없을 것이라 감히 예상해 봅니다. 아무리 영향력이 큰 대사형이라고 해도 외부와 결탁하여 중죄를 저지른 일은 묵과할 수 없을 겁니다. 더욱이 사성회의 큰 기둥이라고 할 수 있던 김명화 선생의 부고를 뒤에서 조종한 이세민이라면 도저히 용서할 수가 없겠지요."

"반드시 그놈을 잡아서 정의를 실현시키겠습니다."

"물론입니다. 우리 하오문이 존재하는 이유 중 하나가 바로 정의의 실현입니다. 아무리 사람들이 암의 조직이라고 손가락질한다고 해도 우리는 우리의 길을 걸어가면 되는 겁니다."

그는 문제 지역으로 정보원들을 파견하기로 했다.

"저는 남유럽으로 갑니다. 모두 아메리카 대륙에서 고생 좀 해주십시오."

"예, 부방주님."

처음에 츠바사가 하오문에 들어왔을 때만 해도 일원에게 인정받는 후계자는 아니었다.

눈이 멀어버린 츠바사가 열심히 무공을 배워 심안을 터득하였다고 해도 그가 가진 자질이 얼마나 되는지 알 수가 없었기 때문이다.

하지만 츠바사는 어쩌면 처음부터 하오문과 가장 잘 어울리는 사람이었는지도 모른다.

무학에 관해선 수재라는 소리를 듣고 자랐으나 아웃사이더 기질을 타고났기 때문에 후계자라는 말보다는 사고뭉치라는 말을 더 많이 들었다.

그런 그가 성격을 개조하고 암흑에서 빛을 만들어내는 방법을 차근차근 배워 나가고 있으니 하오문의 장로들도 이제는 그를 인정하기 시작하였다.

언젠가 그가 정식 후계자가 되어 하오문주에 오르는 날 아주 큰 인물이 될 것이라는 의견이 지배적이었다.

이제부터 그가 걸어가는 길은 앞으로의 행보를 정해주는 이정표가 될 것이다.

제3장
사냥

아르헨티나 중남부에 위치한 태하의 몬스터 소굴로 레드와 그 부하들이 모여들었다.

몬스터들은 오랜만에 귀환한 우두머리에게 경의를 표하며 끈끈한 결집력을 보였다.

레드 역시 태하의 앞에 머리를 조아렸다.

"알파, 올 줄 알고 있었다."

"백룡에게 들었나?"

"그가 말하기 전부터 알파가 올 것이라고 생각했다."

"그저 막연히?"

"몬스터는 육감이 발달해 있다."

"그렇군."

부하들과 인사를 마친 태하는 포이즌 테이커에 대한 얘기를 꺼냈다.

"포이즌 테이커에 대해 알고 있나?"

"스네이크 킹의 휘하에 있는 그놈들을 말하는 건가?"

"놈들이 강한가?"

레드는 고개를 저었다.

"그놈들 자체가 강하다고 볼 수는 없다. 다만 그놈의 상위 몬스터인 스네이크 킹과 바질리스크 등이 위압적이지."

"만약 그놈을 생포한다면 어떤 일이 벌어지겠는가?"

"아마도 전쟁이 벌어지겠지."

"흠……."

레드와 부하들은 태하가 몬스터를 포획하는 이유에 대해 물었다.

"그놈을 사로잡아야 한다면 이유가 있을 것 아닌가?"

"있지. 내 아버지를 죽인 원수를 알고 있는 사람의 목숨이 위독하다. 포이즌 테이커의 독에 중독되어서 언제 죽을지 몰라."

아버지에 대한 개념은 조금 희미한 몬스터이지만 이해관계에 대한 개념은 확실했다.

"그러니까 그놈을 잡아야 알파가 복수를 한다는 것인가?"

"그렇다. 그놈을 잡아 죽여야 내가 두 발을 뻗고 잘 수 있을 거야."

레드의 세력권에서 서열 3위인 그레이트 와이번의 우두머리 그레이가 입을 열었다.

그레이는 인간의 언어를 구사할 수는 없지만 뇌파를 통하여 태하와 교감하는 것이 가능했다.

―알파, 그럼 내가 그놈들과 협상을 해보겠다.

"협상을?"

―우리와의 전쟁에서 그놈들이 이길 확률은 상당히 적다. 그러니 포이즌 테이커를 내어놓으라고 제안하겠다.

"하지만 협상이라는 것은 우리 쪽도 저들에게 뭔가를 줘야 한다는 소리 아니겠나?"

―뭔가 줄 것이 있다.

"영토를 내어줄 것인가?"

―아니다. 일단 우리와 놈들 사이에 전쟁이 발발하게 되면 양 세력 간의 충돌이 일어날 것이다. 그럼 놈들의 영향권이 다소 위축되겠지. 그럼 다른 세력들의 허파에 바람이 들어가 놈들을 업신여기게 될 테니 우리와 협상을 벌일 수밖에 없을 거야. 세력이 망하지 않으려면 어쩔 수 없거든.

"흠……."

레드가 아르헨티나 전역의 최강자인 것은 명실상부한 일이니 그의 악명을 이용하면 생각보다 일이 쉽게 풀릴 수도 있을 것이다.

태하는 그레이에게 이번 일에 대한 전권을 일임하였다.

"좋아, 그럼 네가 전쟁을 일으킬 수 있겠나?"

―물론이다. 우리 와이번들은 이미 준비가 되어 있다. 알파가 드레이크의 전력을 내어준다면 내가 그들을 이끌고 놈들을 치겠다.

이를테면 전장의 장수와 같은 알파가 막강한 전력인 드레이크를 이끌고 놈들의 땅으로 쳐들어가게 되면 상황은 상당히 심각해질 것이다.

"그래, 그럼 우리에게 전쟁을 다오."

―물론이다.

레드는 태하의 명령에 따라서 무리에게 전쟁을 선포하였다.

"크르르르릉, 크아아아앙!"

그의 포효 한 번에 모든 무리가 화답하여 레드의 동굴로 집결하기 시작했다.

그레이는 드레이크와 와이번들을 이끌고 스네이크 킹의 영토로 돌격하였다.

*　　　*　　　*

스네이크 킹의 영토는 며칠 사이에 거의 초토화가 되었다.

뱀과 몬스터들은 하늘로 날아오르는 것이 불가능하였고, 그렇다고 그들의 영역 안에 있는 비행형 몬스터들의 힘으론 와이번 한 마리 상대하는 것도 벅찼다.

그나마 독으로 원거리 공격을 하는 가우스트 물뱀이 지대 공을 담당하고 있었으나, 그래봤자 수비하기엔 역부족이었다.

영토의 1/10이 순식간에 날아간 상황에서 스네이크 킹의 부하들은 지상으로의 전면전을 감행하자고 주장하였다.

하지만 스네이크 킹은 자신과 레드의 싸움이 시작되면 무리가 멸망할 것임을 너무나도 잘 알고 있었다.

그리하여 그는 그레이와의 협상에 돌입하기로 했다.

아르헨티나 중부 제1 위험지역인 화염의 협곡에서 그레이와 스네이크 킹이 대면을 가졌다.

스네이크 킹 살라문이 그레이를 노려보며 물었다.

─어째서 뜬금없이 전쟁을 일으키려고 하는가? 이미 우리는 서로의 영토를 나누고 사냥 구역을 배분하였다. 그럼에도 불구하고 레드가 나를 치는 이유가 궁금하군.

─알파의 자리가 바뀌었다.

─…알파가?

─알파의 전언이다. 네놈들의 영토 절반을 우리가 잠식할

때까지 전쟁을 계속할 것이다. 그러니 이곳에서 나가거나 서쪽으로 영토를 옮기는 방법을 한번 생각해 보도록.

살라문의 입장에서 보자면 지금 그레이의 요구는 너무나 터무니없는 것이었다.

무리가 유지되려면 그에 걸맞은 사냥터가 있어야 하는데, 만약 그렇지 못하면 힘이 약한 개체는 금방 아사하고 말 것이다.

—더러운 놈들이군. 그런 말도 안 되는 이유로 우리의 멸족을 종용하는 것인가?!

—원래 우리의 세계는 약육강식의 세계다. 강한 자가 이기는 법이지. 힘은 우리 몬스터의 세계를 지탱하는 원동력이자 핵심이다. 시작과 끝이라는 소리지.

그레이가 더 이상 양보할 마음이 없다는 것을 깨달은 살라문은 고육지책을 꺼내 들었다.

—그렇다면 우리도 어쩔 수 없다. 북쪽의 수렵 지대와 동맹을 맺고 네놈들을 치는 수밖에.

—후후, 할 수 있으면 해봐라.

—…정말 이렇게까지 전쟁을 해야 하겠나?

—물론이다.

—네놈들의 알파, 그 알파는 어째서 숲의 균형을 깨려는 것인가?

—무리의 확장이다. 삼두룡이 그랬던 것처럼 우리 역시 세력을 확장하는 것이다. 그게 균형을 깨는 일인가?

—삼두룡이 죽으면서 중부와 북부는 평화로워졌다. 그런데도 군이 전쟁을 원한다?

—그렇다.

살라문은 더 이상 말이 통하지 않음을 깨달았다.

—좋다, 그럼 우리도 이대로 물러서지는 않을 것이다.

—후후, 좋을 대로.

돌아선 살라문이 다시 무리로 되돌아가려는데 그레이가 그의 뇌파에 목소리를 넣었다.

—방법이 하나 있긴 하다.

—……?

—우리 알파에게 재물을 바쳐라. 그럼 더 이상의 전쟁은 없을 것이다.

—지금 우리보고 네놈들의 개가 되라는 것인가?

—다른 것은 바라지 않는다. 그냥 재물만 바치라는 것이다. 네놈들이 우리에게 재물을 바치고 전쟁을 끝내게 되면 다른 세력들이 속으로 어떻게 생각하든 간에 전쟁은 벌어지지 않을 것이다. 그놈들이 만약 그렇게 강성한 세력을 가지고 있었다면 전쟁이 일어나지 않았겠나?

—흠.

—선택해라. 재물을 바치든지 죽든지.

살라문은 최대한 말을 아꼈다.

—생각을 좀 해보겠다.

—좋아, 생각을 해보도록. 하지만 그동안에도 전쟁은 계속된다. 명심하도록.

—…알겠다.

그레이는 그 즉시 드레이크와 와이번들을 불러 모았다.

"크르르룽, 크아아앙!"

새까맣게 몰려든 드레이크와 와이번들이 다시 공격의 고삐를 세차게 당겼다.

*　　　　*　　　　*

같은 시각, 아르헨티나 정부에선 난리가 났다.

행여나 몬스터들이 새로운 전쟁을 시작하여 북으로 진군하는 것이 아닌지 걱정되었기 때문이다.

하지만 태하는 자신을 찾아온 후안 안토니오를 잘 타일렀다.

"놈들의 세력 다툼이 조금 있을 겁니다만, 큰 문제는 아닙니다."

"…정말입니까?"

"만약 일이 꼬이게 되면 인명 피해가 나기 전에 제가 직접 나설 겁니다. 그러니 너무 걱정하지 마십시오."

후안은 태하에게 깊이 고개를 숙였다.

"부디, 부디 우리를 도와주십시오! 부탁입니다!"

"그렇게 고개를 숙이지 않으셔도 책임질 겁니다. 저는 최소한 한 입으로 두말하는 남자는 아니거든요."

"알고 있습니다. 조가괴협의 이름이 얼마나 무겁고 대단한 것인지 말입니다. 그럼 저희들은 선생님만 믿겠습니다."

"감사합니다."

태하는 자신을 찾아온 후안 안토니오에게 부탁의 말을 전했다.

"그나저나 총리님, 제가 부탁이 하나 있습니다."

"부탁이요?"

"사람을 좀 찾아야 하는데 그게 쉽지가 않군요."

"으음, 그래요?"

"혹시 가능하다면 해당 인물을 비밀리에 수배하고 정보기관을 동원할 수 있겠습니까?"

후안은 태하의 부탁을 흔쾌히 들어주기로 했다.

"당신은 우리의 국빈입니다. 언제든 말씀만 하십시오. 어떤 것이라도 다 들어드리겠습니다."

"감사합니다."

"아닙니다. 별말씀을요."

그는 태하에게 목표물에 대한 정보를 요구하였다.

"저희들이 남미 연합에 프로필을 전달하겠습니다. 만약 그에 대한 정보를 가지고 있다면 좀 알려주시지요."

"물론입니다."

태하는 USB에 들어 있는 이세민에 대한 정보를 후안에게 넘겼다.

"이놈은 반드시 잡아야 합니다. 물론 사성회와 관련이 되어 있긴 합니다만 그들이 압박을 가할 수는 없을 겁니다. 이미 사성회에도 이 인물의 사악함이 전달되었을 테니까요."

"예, 알겠습니다. 그럼 저희들은 선생님만 믿고 일을 진행하겠습니다."

"부탁 좀 드리겠습니다."

"이를 말씀이십니까?"

이로써 남미의 정보 조직들도 이세민을 바짝 뒤쫓게 되었다.

* * *

그레이와 살라문의 전쟁이 점점 격정적으로 번져 나가고 있었다.

드레이크 무리가 살라문의 사냥터를 불바다로 만들고 와이번이 스네이크 킹 무리의 개체들을 무참하게 도륙하였다.

그나마 지금까진 새끼들을 사냥하고 있지 않았으나, 만약 전쟁이 점점 더 격양되면 사태는 걷잡을 수 없게 될 것이 분명했다.

결국 살라문은 그레이와의 2차 협상을 제안할 수밖에 없었다.

살라문은 온몸 구석구석에 남아 있는 상처들로 자신의 입장이 상당히 곤란하다는 것을 대변하였다.

거대한 몸통에 남은 상처들은 드레이크들에게 얻은 것이지만 정작 그는 드레이크들에게 피해를 주지 못했다.

―…이런 결과를 원한 것인가?

―그래도 우리는 삼두룡과 다르다. 너희들의 자식들은 건드리지 않았다. 필요한 만큼만 죽이고 필요한 만큼만 불태웠다. 그래야 우리가 무리를 몰아내고 서식지를 장악했을 때 힘을 발휘할 수 있을 테니까.

살라문은 더 이상의 전쟁은 무의미하다는 것을 깨달았다.

―네놈이 말하는 그 재물에 대해서 한번 들어보고 싶다.

―이제야 말이 좀 통하는군.

그레이는 단도직입적으로 포이즌 테이커의 생포를 요구하였다.

─우리의 요구는 아주 간단하다. 포이즌 테이커 무리에서 가장 강력한 개체를 생포하여 우리에게 인도하라. 이게 우리의 조건이다.

─…뭐라? 포이즌 테이커는 우리의 중요 전력이다. 만약 그 중에서 가장 강력한 리더를 잃는다면 전력에 큰 타격을 입을 것이다.

─그렇다고 해서 무리 전체를 죽음으로 몰아넣을 것인가?

─……

─네가 무슨 선택을 해도 좋다. 이미 우리 무리는 참아온 광기를 폭발시키느라 모두 만족하는 참이다. 만약 네놈이 거부한다고 해도 우리에겐 손해 볼 것이 전혀 없어.

살라문에게 포이즌 테이커의 우두머리는 레드에게 그레이와 같은 존재이다,

만약 그가 사라지게 되면 알파 대신 무리를 이끌 인물이 없어지게 되는 것이고, 그것은 전력의 공백으로 이어진다.

아무리 바질리스크나 가우스트 물뱀 등이 있다곤 해도 포이즌 테이커는 대량의 적을 상대하는 중요한 자원이다.

그가 사라지게 되면 힘 싸움에서 한 수 접어야 할 것이 분명했다.

─생각을 잘하기를 바란다. 그렇지 않으면 쉽지 않은 싸움이 될 것이다.

―…하지만 네놈들에게 그를 넘기고 나면 우리는 다른 무리에게 역공을 당할 수도 있다.

―그것은 걱정하지 마라. 우리와 영토의 경계선이 맞닿은 너희들이 침략을 당한다면 우리도 가만있지 않을 것이다.

그레이는 언제까지나 채찍만 휘두르는 와이번이 아니었다.

―너희들의 개체 중에서 인물이 탄생할 때까지 평화협정을 맺겠다. 어떤가? 이 정도면 충분히 괜찮은 조건이라고 생각하는데.

―…안전을 보장해 주겠다?

―그게 가장 중요한 조건 아니겠나?

살라문은 어쩔 수 없이 그 조건을 받아들이기로 했다.

―…알겠다. 일단 본인에게 의사를 물어본 후에 다시 답을 주겠다. 그때까진 휴전을 해주었으면 한다.

―삼 일이다. 그 안에 결정하도록.

―그렇게 하지.

살라문은 지금까지 그가 보여온 모습 중에서 가장 심란한 표정을 짓고 있었다.

*　　　*　　　*

스네이크 킹의 군락 앞, 포이즌 테이커의 수장 지프터가 살라문의 명령에 따라 죽음을 준비하고 있다.

지프터는 스네이크 킹 군락 최고의 전사였으나 무리를 위해 자신을 포기하기로 했다.

그는 결코 물러섬이 없는 전사이기에 돌직구와 같은 선택을 한 것이다.

지프터는 자신의 앞에 새까맣게 몰려 있는 드레이크와 와 이번 무리를 사납게 노려보았다.

―…내가 죽는다고 해서 너희들이 이겼다고 생각하지 마라.

―그 기지는 인정해 주지. 아마 우리의 알파 역시 그럴 것이다.

길고 기대한 몸을 이끌고 저에게 투항하는 그의 모습에 포이즌 테이커들이 사납게 울어댄다.

"그크크크크릉!"

"크아아아앙!"

여차하면 전쟁이 날 수도 있다는 것을 방증하듯 포이즌 테이커들이 으르렁거리고 있었으나 레드 군락의 병력은 그저 코웃음 칠 뿐이다.

그만큼 레드와 알파의 저력을 믿고 있기 때문이다.

그레이는 드레이크들에게 지프터를 포박하고 그를 끌고 갈 수 있도록 지시했다.

―가자. 알파에게 우리의 전리품을 바치자.

"쿠오오오오!"

여전히 사기가 충천한 레드 무리와는 다르게 스네이크 킹 군락은 점점 힘이 빠져가는 것 같았다.

하지만 그들 역시 맹렬한 싸움을 좋아하는 전사들이기에 지프터의 희생을 겸허히 받아들였다.

아마도 언젠가는 레드 군락에게 복수를 하겠다고 이를 갈고 있을 테지만, 지금 당장은 무리를 위해 참기로 했다.

그레이가 군락을 떠난 지 3일 후, 그는 당당히 전리품을 들고 돌아왔다.

태하는 맹독성 물질을 질질 흘리고 있는 지프터를 바라보며 만족스러운 표정을 지었다.

"역시 머리가 좋은 종은 뭐가 달라도 다르군."

─우리 군락의 전사들이 워낙 용맹하기 때문에 가능한 일이었다.

지금까지 몬스터는 오로지 본능에 의해 움직인다고 생각하던 태하는 그들의 사회에도 명예와 생각이 존재한다는 것을 깨달았다.

도대체 그 어떤 누가 몬스터가 분쟁에서 협박을 하고 협상을 한다고 생각이나 하겠는가?

물론 인간과 직접적으로 얘기할 수 있는 개체는 그리 많지가 않지만 그래도 사회를 구성하고 집단을 위해 희생한다는 것은 엄청난 일이었다.

태하는 드레이크들의 꼬리에 꽁꽁 묶여 포박당한 지프터를 바라보며 물었다.

"네가 지프터인가?"

"크르르릉!"

"너무 걱정하지 마라. 죽이지는 않을 테니."

"……?"

지금 태하가 구사하는 언어는 몬스터들이 사용하는 언어를 텔레파시의 형태로 바꾼 것이다.

레드에게 강습을 받은 몬스터 언어는 지프터와의 대화를 가능하게 해주었다.

그는 지프터에게 사정을 설명하였다

"우리는 포이즌 테이커의 해독약을 구하고 있다. 그 해독제는 네 독낭에 있는 효소로 만들 수 있다. 그래서 부득이하게 포박을 선택한 것이다."

지프터는 태하의 설명을 듣고는 아주 간단한 해결책을 제시하였다.

―간단한 방법이 있는데 괜한 고생을 하는군.

"간단한 방법?"

―포이즌 테이커는 맹독을 몸에 품고 다니면서도 어째서 독

에 중독되지 않을까? 우리의 독은 피부에 닿기만 해도 중독이 되는데.

"아아! 면역 체계를 가지고 있는 것이구나!"

—포이즌 테이커는 독이 통하지 않는다. 그리고 우리의 피는 다른 몬스터들의 독을 해독시켜 준다.

"그런 방법이 있었군!"

—네 동료를 살리기 위해 벌인 전쟁이었던 것인가?

"외람된 말이지만 맞다."

—그럼 피를 뽑아가고 다시는 쓸데없는 전쟁을 일으키지 말았으면 한다.

"알겠다. 그렇게 하지."

실제로 몬스터들이 인간에게 사냥당해서 죽는 것은 그리 큰 규모라고 할 수가 없었다.

더 이상의 개체 폭발을 일으키지 못하도록 사냥을 하는 것은 가능하지만 본격적으로 던전을 없애거나 위험지역을 정화시킬 수는 없기 때문이다.

그렇기 때문에 몬스터들은 각자의 구역이 파괴되는 전쟁이 벌어지지 않는 한 어느 정도의 평화가 유지된다.

한마디로 태하가 주변의 군락을 건드리지 않으면 문제될 것이 전혀 없다는 뜻이었다.

태하는 레드에게 지프터를 돌려보내는 것에 대한 의견을

물었다.

"어떤가, 지프터를 군락으로 돌려보내는 것이?"

"알파의 생각이 그렇다면 그렇게 해라. 내 생각에도 저들이 전사를 돌려받으면 상당히 기뻐할 것이라고 생각된다."

그는 지프터의 결박을 풀어주었다.

"모두 비켜주어라."

크르르릉!

태하는 그의 피를 채취한 후 무리로 돌려보내 줄 것을 약속하였다.

"피를 뽑아서 약을 만든 후 곧바로 돌려보내 주겠다."

―알겠다. 피는 그냥 물처럼 마시면 해독이 된다.

"조언 고맙군."

이제 그의 피를 뽑을 주사기만 준비하면 모든 준비가 끝나는 셈이다.

*   *   *

지프터의 혈액을 채취한 후 태하는 그를 군락으로 되돌려보내주었다.

이제 그는 퀘벡의 호텔에서 투병 생활을 하고 있는 카트리나를 치료할 차례였다.

퀘벡까지 혈액을 무사히 가지고 온 그는 카트리나에게 피를 음용하도록 했다.

"마시세요."

"이게 뭔가요?"

"포이즌 테이커의 독입니다. 놈들의 생피를 마시면 이 세상의 그 어떤 독도 해독할 수 있답니다."

"그, 그걸 어떻게 알았어요?"

"본인에게 직접 들었습니다."

"……?"

"아무튼 그런 것이 있습니다. 그러니 어서 드세요."

그녀는 몬스터의 생피를 마시는 것이 상당히 찜찜했지만 그래도 목숨을 건진다면 못 할 것이 없었다.

태하가 건넨 피를 목구멍으로 밀어 넣은 그녀는 오만상을 했다.

"우웨에에엑! 이게 무슨 맛이야? 피가 뭐 이렇게 써요? 비린내도 심하고."

"원래 몸에 좋은 약이 입에는 쓴 법입니다. 아마도 놈들의 피가 몸에 좋기 때문에 그렇겠지요."

실제로 포이즌 테이커의 혈액은 신체의 노폐물을 밀어내어 혈액을 깨끗하게 해주는 작용을 하기 때문에 그냥 음용해도 건강에 좋았다.

하지만 몬스터의 피를 마셔본 사람이 거의 없기 때문에 그 효능에 대해서 아는 사람이 없었다.

잠시 후, 그녀가 자리에서 벌떡 일어나 화장실로 직행했다.

"으으, 화장실……!"

"창고 너머에 있더군요."

그녀는 부리나케 화장실로 달려가더니 대략 10분간 계속해서 소변과 대변을 마구 쏟아냈다.

뿌지지직!

그 소리가 어찌나 웅장했으면 10미터 밖에서 기다리고 있던 태하의 귓전을 때릴 정도였다.

"뭔가 엄청난 것을 밀어내는 모양이군."

태하가 그녀의 악전고투를 응원하고 있을 무렵, 그녀가 아주 홀가분한 표정으로 화장실에서 나왔다.

그녀의 피부는 이전보다 훨씬 더 좋아졌고 눈동자와 머리카락에 생기가 넘쳤다.

"아주 깔끔하게 독이 다 빠져나왔어요. 이제 몸이 무거운 것도 사라졌고 신경 억제제를 통해 쌓인 중독까지 전부 밀어냈어요."

"다행입니다. 저는 혹시나 체질이 몬스터와 달라서 약이 안 받으면 어쩌나 했습니다."

"제가 보기에 포이즌 테이커의 피는 정말 약이에요. 당신의 말대로 몸에 좋은 것이 입에는 쓰네요."

그녀는 태하에게 깊이 고개를 숙였다.

"고맙습니다. 덕분에 시한부 인생에서 벗어나 제대로 된 인생을 살 수 있게 되었어요."

"모든 것은 당신의 끈질긴 의지 덕분입니다. 저는 그냥 몸에 맞는 약을 구해왔을 뿐이고요."

이제 그녀는 태하와 함께 러시아 안전 가옥으로 이동하기로 했다.

"하오문의 안전 가옥으로 갑시다. 그곳에서 다시 앞으로의 일정에 대해 논의해 봅시다."

"그래요."

태하는 러시아로 가는 초호화 유람선을 타기 위해 항구로 향했다.

*   *   *

스페인의 수도 마드리드의 오래된 술집에 이세민이 들어가 있다.

그는 대낮임에도 불구하고 데킬라를 입에서 떼놓지 않을 정도로 연거푸 마시고 있었다.

꿀꺽!

"후우, 아주 죽겠군."

이세민은 워낙 피가 말리는 시간의 연속인지라 술에 취하는지 어쩐지 정신을 차릴 겨를도 없었다.

지금까지 마신 술의 양이 무려 네 병이지만 아직까지도 정신이 말짱했다.

잠시 후, 이세민이 앉은 자리로 한 사내가 다가왔다.

"부회장님?"

"…택중이 왔는가?"

"꼴골이 이게 뭡니까? 왜 이곳에서 술이나 마시고 계신 겁니까? 차라리 청야성에 진실을 호소하십시오."

이세민의 가장 친한 동료이자 회랑회의 부회주인 임택중이 사람들의 눈을 피해서 그를 만나기 위해 왔다.

하지만 거의 폐인 꼴이 되어버린 그를 바라보는 임택중의 표정이 썩 좋지가 않았다.

"저와 함께 청야성으로 가시지요. 그곳에 방법이 있을 겁니다."

"방법이라……. 자네, 그들이 어떤 사람인지 모르나? 아마 방법을 찾기 전에 내가 고문을 당해 미쳐 버릴 걸세."

"미쳐도 가야 합니다. 그래야 살 수 있는 기회라도 오지 않겠습니까? 이대론 살아도 사는 것이 아니란 말입니다."

이세민이 실소를 흘렸다.

"후후, 살아도 사는 것이 아니다?"

"그래요. 지금 부회장님의 몰골을 좀 보십시오. 이게 사람 사는 꼴입니까?"

임택중은 진심으로 그를 걱정하고 있었으나 이미 이세민은 인생을 절반쯤 포기한 상태였다.

"듣자 하니 개방과 하오문에서 나를 쫓고 있다고 하던데, 일이 어떻게 되고 있는 것 같은가?"

"아마 지금쯤이면 하오문과 개방이 유럽으로 오고 있을 겁니다."

"…차라리 그들에게 잡히는 편이 나을까?"

"그런다고 달라질 것은 없습니다. 개방이나 하오문이라고 청야성의 감시망이 펼쳐지지 않은 것은 아니지 않습니까?"

"그렇겠지?"

청야성은 전 세계 어느 곳이라도 사람을 죽일 수 있는 기반을 갖추고 있었다.

그런 그들을 피해서 평생 도망 다니는 일은 결코 쉽지 않을 것이다.

이세민은 임택중에게 자신을 이렇게 만든 그녀의 위치에 대해서 물었다.

"지금 그년은 어디에 있다던가?"

"모릅니다. 행방불명 상태로 벌써 일주일이 넘게 지났습니다. 어디로 튀어도 벌써 튀었겠지요."

"…어찌 되었든 간에 난 죽었군."

"자꾸 죽을 생각만 하지 말고 제발 좀 살 생각을 하십시오!"

그는 고개를 절레절레 흔들었다.

"싫어. 이 나이 먹고 험한 꼴을 보느니 그냥 죽는 것이 편할 것 같아."

"진짜 이러실 겁니까?"

이세민은 그에게 검을 건넸다.

스릉!

"이 검으로 나를 죽여주게. 그리고 내 목을 청야성으로 가지고 가. 아마 자네가 나와 가깝게 지냈다는 것을 알고 자네까지 주이려 할 걸세. 그럼 자네가 나와 친하지 않았다는 증거로 내 목을 건네. 그럼 자네는 살 수 있어."

"싫습니다. 아무리 우리가 청야성에게 꼬리를 물렸어도 어엿한 무인입니다. 그렇게 치사하게 살 수는 없어요."

"치사해도 살아야 하는 것이 세상일세."

이세민은 그에게 다시 한 번 검을 권했다.

"부탁일세. 이대로 가면 우리 둘 모두 죽고 싶어도 못 죽는 사태가 벌어질 걸세. 그들이 얼마나 악랄한지 잘 알지 않는가?"

"그렇긴 합니다만……."

"어서 죽여."

임택중은 그가 술에 취해서 이런 짓을 하는 것이 아니라는 사실을 너무 잘 알고 있었다. 그렇기 때문에 그가 느끼는 패배감이란 이루 말로 표현할 수 없을 지경이었다.

결국 임택중은 그의 결단을 존중해 주기로 했다.

"좋습니다. 그렇다면 당신을 죽이고 저 또한 그저 바보로 살겠습니다."

"…옳은 선택을 하는 걸세."

챙!

임택중이 이세민의 검을 받아 높이 쳐들었을 무렵, 저 멀리서 금색 용 한 마리가 날아들었다.

크아아아앙!

"뭐, 뭐야?!"

진기로 이뤄진 금색 용은 이명수의 황룡십팔장의 '현룡'이었다.

극성으로 전개한 황룡십팔장은 아니었지만 그마저도 경지가 대단하여 건물 반쪽을 통째로 날려 버릴 정도였다.

임택중과 이세민은 간신히 황룡십팔장을 피해냈다.

팟!

그러나 그를 따르는 개방의 제자들이 펼치는 살구진에 걸리고 말았다.

붕붕붕!

"아뿔싸!"

"이거나 먹어라!"

뒷골목의 개를 몰 듯 150개의 장대가 물결처럼 몰려들어 두 사람을 쳐냈다.

퍼버버버벅!

"크허억!"

살구진은 사방의 퇴로를 모두 막아놓고 한 가지의 목표물을 흠씬 두들겨 패는 진법이기에 한번 걸리면 결코 빠져나올 수가 없다.

무려 5분 넘게 미친 듯이 두들겨 맞은 이세민과 임택중이 피투성이가 되어 고개를 들었다.

"그, 그만!"

"흥! 시끄럽다! 이런 천인공노할 자식 같으니!"

이명수는 제자들에게 그만 폭행할 것을 지시하였다.

"그만, 그만하여라."

"예, 장로님."

이제 더 이상 걸어 다닐 수조차 없을 정도로 엄청나게 얻어맞은 두 사람을 바라보며 이명수가 물었다.

"이제 보니 네놈 두 명이 서로 짝짜꿍을 맞추고 있던 모양이구나. 뭐, 좋아. 내가 선택지를 주겠다. 이대로 죽을 때까지 두들겨 맞을 텐가, 아니면 나와 함께 한국으로 가서 자비를 바랄 텐가?"

"…그냥 죽여라!"

"아아, 정말 이곳에서 그냥 죽겠다는 건가?"

"어차피 삶에 대한 여한이 없다. 그냥 죽이는 편이 속 편하지 않겠나?"

이명수는 실소를 흘렸다.

"후후, 재미있는 놈들이군."

"죽이려면 빨리 죽여라. 시간 끌면 내력이 회복되어 너희들이 당할 수도 있다."

"미친놈, 입은 살아 있구나."

이명수는 제자들에게 이 두 사람의 내공을 파괴하도록 지시하였다.

"이놈들의 내공을 파하고 포박하여 한국으로 데리고 가자."

"예, 장로님!"

순간, 두 사람의 눈동자가 휘둥그레졌다.

"자, 잠깐! 이건 말이 다르지 않나?!"

"다르지. 모든 것은 내 마음이니까."

"이런 개자식이?!"

제자들은 두 사람의 경맥에 내공을 흘려보냄과 동시에 매

타작을 시작하였다.

우우우우웅!

"하나요!"

퍼억!

"이, 이런 제기랄!"

"둘이요!"

퍼버버벅!

타인의 내공이 단전으로 흘러들어 갈 때 공격을 받으면 주화입마에 빠져 단전이 깨지고 만다.

개방은 상당히 잔인하지만 가장 손쉽게 두 사람을 폐인으로 만들어 버렸다.

쨍그랑!

"끄아아아악!"

"앞으로 다신 무공을 사용하지 말거라."

"…개자식들! 언젠가는 모두 다 쓸어버리겠다!"

"훗, 마음대로 하든지."

손발이 꽁꽁 묶인 두 사람은 마치 장대에 꿴 닭처럼 매달려 한국행 비행기로 향했다.

제4장
흑막과 가까워지는 길

이세민과 임택중의 체포로 인해 사성회와 화랑회는 큰 충격에 빠지고 말았다.

두 집단의 중추적인 인물로 손꼽히던 사람들이 끄나풀로 엮여 처형 절차를 밟게 된 것은 그 누구도 상상하지 못한 일이기 때문이다.

특히나 이세민의 사제이자 사성회의 회주인 구성회는 쉽사리 충격에서 벗어날 수가 없었다.

그는 이세민이 자결하지 못하도록 마우스피스를 끼워놓고 사성그룹 지하실에 구금시켜 두었다.

구성회는 이세민이라면 능히 자신의 혀를 깨물 수 있다는 것을 알고 있었던 것이다.

손발이 모두 묶인 채 의자에 앉아 있는 이세민을 바라보며 구성회가 물었다.

"사형, 도대체 왜 그러셨습니까?"

"…나름대로의 처세술이라 생각하시게."

"처세술이라……."

그는 지금껏 자신이 쌓아둔 모든 감정을 폭발시켜 냈다.

"회주가 되지 못한 대사형이 도대체 무슨 수로 그룹에서 살아남겠나? 안 그런가?"

"사형, 그것은 잘못된 생각입니다. 지금도 충분히 사성회의 대부로서 덕망이 높지 않습니까? 도대체 그깟 직함이 뭐라고 이런 짓까지 벌이신 겁니까?"

이세민은 실소를 흘렸다.

"후후, 그깟 직함? 자네 지금 그깟 것이라고 했나?"

"예, 사형. 만약 사형께서 그렇게 회장의 자리에 집착하고 있었다는 것을 알았다면 애초에 저는 후계자 자리에서 내려와 초야에 묻혀 살았을 겁니다. 도대체 제가 무엇하러 사형을 궁지로 내몰겠습니까?"

"…자네에겐 회장의 자리가 그깟 것인지 몰라도 나에겐 아닐세. 나에겐 평생 가질 수 없는, 그렇기에 더욱 간절했던 자리일세."

　구성회는 원래 자의로 회장이 된 사람이 아니었다.

　사부와 사숙들의 후계자 지명으로 나이 스물에 폐관 수련에 들어가 무려 40년 동안 골방에서 무공을 익혔다.

　40년 동안 무공만 익힌 그이기에 세상 물정에 대해 아는 것이 없었다.

　폐관 수련이 끝난 이후 그는 꼼짝없이 세상 물정을 익히는 데 집중하여 환갑이 되었을 때 회장 자리에 올랐다.

　한마디로 그는 젊어서부터 자신의 청춘을 모두 회장직에 바쳤을 뿐, 그 이외에 남는 것이라곤 회한뿐이었다.

　구성회는 이세민에게 자신의 심경을 토해내듯 말했다.

　"…사형께선 어떠신지 모르겠습니다만, 저는 회장이라는 이 자리가 저의 인생을 송두리째 빼앗아갔습니다. 제가 없는 40년 동안 사형께선 어떻게 지내셨는지 모르겠습니다만, 저는 끝도 없는 고독을 곱씹으며 버텼습니다. 미쳐 버릴 것 같은 시간이 얼마였는지 가늠할 수도 없으며, 차라리 죽자는 생각까지 했었지요. 하지만 죽을 수가 없었습니다. 제가 죽어버리면 또 다른 누군가가 저와 같은 수순을 밟을 것이기 때문에 말입니다."

　"……"

　"사부님과 사숙들의 기대는 저를 살아 있는 송장으로 만들었습니다. 아시는지 모르겠습니다만 저는 환갑 때까지 여자

손도 못 잡아봤습니다. 당연히 자식이 있을 리가 없지요. 만약 할 수만 있다면 저는 그때로 돌아가 파문을 선택하겠습니다. 그렇게까지 장문의 자리를 원하는 사람이 있었다는 것을 알았다면 말입니다."

사성회가 선비의 집단이라고 일컬어지지만 그 회장을 탄생시키는 비하인드 스토리에 대해서 알게 되면 모두 입을 다물고 말 것이다.

한때 사성회는 한반도의 무인 세력들에게 밀려 멸문지화를 당할 뻔한 적이 있다.

당시의 사성권법이나 비홍검술은 아직까지 이론적으로 정립이 되어 있지 않았을 뿐만 아니라 제대로 된 경지에 오른 사람이 좀처럼 나오지 않았다.

그래서 사성회의 장무과 장로들은 구성회를 비홍검술의 초일류고수로 만들기 위해 무려 40년 동안이나 폐관해 놓고 검을 수련시켰다.

구성회는 사형제 중에서 가장 실력과 자질이 뛰어났기 때문에 후계자 수업을 받는다는 명목으로 40년을 허비하게 된 것이다.

그동안 구성회는 초일류 검객의 반열에 오를 정도로 뛰어난 인물이 되었으나, 그 정신세계는 이미 무너지고 난 이후였다.

"…제가 요즘도 공황장애 약과 폐소공포증 약을 달고 사는 것을 아십니까? 하루라도 약이 없으면 광인이 되어버립니다. 잘못하면 거리를 지나다니는 사람들을 모조리 베어버릴 정도로 정신이 없어지지요."

"무언가를 얻으려면 하나쯤은 포기해야 한다는 것을 모르는가?"

"그래서 인생을 송두리째 바쳐서 완벽한 장문의 역할을 해야 했다, 뭐 그런 말씀이십니까?"

"아닌가?"

"…절대로 아닙니다. 사형은 정말 하나만 알고 둘은 모르시는군요."

"나보다 진리에 대해 잘 아는 사람은 없다고 생각하네만?"

"인생은 다시 되돌아오지 않습니다. 사형과 사제들이 꽃다운 젊음을 만끽하고 있을 무렵 저는 홀로 골방에 처박혀 늙어가고 있었단 말입니다. 당신은 누릴 것을 다 누리고 나에게 회장 자리가 탐났다고 할 수 있습니까? 양심이 없어도 너무 없군요."

"만약 시간을 되돌려 내가 폐관 수련에 들어갈 수 있다면 그렇게 하고 싶네. 자네 역시 하나는 알고 둘은 모르는 사람 아닌가? 누구에겐 장문의 자리가 없는 인생은 종이 쪼가리에 불과했어."

구성회는 고개를 가로저었다.

"사형께선 이미 인간이길 포기하셨군요."

"그래, 더 이상 인간의 탈을 쓰고 있어서 뭘 하겠는가? 난 이미 금수만도 못한 사람이 되었네."

"그럼 어디 죽을 때까지 짐승처럼 살아보십시오."

구성회는 앞으로의 모든 심문과 처치를 개방과 하오문에게 맡겼다.

*   *   *

카트리나가 가지고 나온 끄나풀에 대한 자료가 이세민의 지문과 DNA를 통하여 개봉되었다.

해당 자료에는 각 뮤파의 끄나풀과 국가별 끄나풀에 대한 정보가 모두 다 들어 있었다.

태하는 청야성의 영향력이 정말 엄청나다는 것을 알 수 있었다.

"지하 세계 어느 곳이든 끄나풀이 없는 곳이 없군그래."

"그러게 말이야."

츠바사는 태하와 함께 끄나풀의 정보를 열람하다가 너무나 충격적인 이름들과 마주하게 되었다.

"개방, 하오문?!"

"설마하니 개방과 하오문에 끄나풀이?!"

다른 문파들의 경우엔 끄나풀이 침투하여도 그렇다손 칠 수 있으나, 개방이나 하오문은 정보 조직의 성향이 강하기 때문에 그만큼 보안에 신경을 많이 쓴다.

특히나 하오문의 경우엔 데이터베이스 자체가 거의 모두 수기로 되어 있기 때문에 해킹도 불가능했다.

그런 하오문에서 정보를 조작하여 끄나풀을 심을 수도 없으니 아예 말단부터 시작하여 상위 계층으로 올라가는 수밖에 없다.

하오문의 경우엔 총 네 명의 끄나풀이 존재하고 개방의 경우엔 두 명의 끄나풀이 있었다.

태하와 츠바사는 대외적으로 USB의 존재에 대해선 함구하기로 했다.

이세민이 끄나풀로 밝혀진 것은 온전히 카트리나 때문이었으니 굳이 USB의 정체를 알려서 좋을 것이 없었던 것이다.

이제 남은 것은 두 사람이 이 사람들을 어떻게 찾아내어 제거하느냐는 것이다.

만약 한 명이라도 잘못 걸려서 소식이 흘러들어 가게 되면 도망치는 사람이 생길 테니 최대한 조심스럽게 그들을 잡아 없애는 것이 중요했다.

"이놈들을 일망타진할 수는 없을까?"

"쉽지 않을 거야. 밑바닥에서부터 이곳까지 왔다면 분명 엄청난 처세술과 실력을 가지고 있을 테니까."

"흠……."

"차라리 각 문파의 방주들을 찾아다니면서 명단을 뿌리는 것은 어떨까?"

"하지만 그들이 우리의 말을 과연 믿어줄까?"

"믿게 만들어야지."

"……?"

츠바사는 자신들에게 아주 중요한 카드가 있다는 것을 강조하였다.

"가트리니는 몬스터 줄기세포 이식에 대한 이론을 가지고 있어. 물론 이것이 아직까지 정제된 기술이 아니라서 상용이 불가능하다는 것은 알지만 그래도 각 문파의 수장들이 우리가 말하는 것이 사실이라는 것을 믿는 계기가 되지 않을까?"

"하긴 말로 구워삶는 것에도 한계가 있으니 조금 더 확실한 물증을 보여주는 편이 낫겠군."

"바로 그거야. 물증. 물증만 있으면 모든 것이 해결되는 법이니까."

태하는 이제 두 사람이 해결할 가장 큰 문제에 대해서 논의하기로 했다.

"그나저나 이 모든 문파의 수장들을 다 만나러 다니다 보면 소문이 날 텐데 어떻게 소식을 전할 수 있을까?"

"전서구."

"비둘기를 사용해서 그들을 설득하자고? 말도 안 되는 소리지."

"흠, 그럼 잠입은 어때?"

"그것도 쉽지 않아. 우리가 가려는 곳은 무인들이 득실거리는 곳이잖아? 잠입이 가능했다면 지금까지 살아남을 수 있는 문주는 없었을 거야."

"이것 참, 쉽지가 않네."

"그러게 말이야."

골똘히 생각에 잠겨 있던 츠바사가 태하에게 조심스럽게 말을 꺼냈다.

"이런 방법은 어때?"

"무슨?"

"이제 형은 남궁세가의 사위가 될 사람이잖아?"

"…아직 내가 정략혼을 하겠다고 확정한 것은 아닌데?"

"그렇긴 하지만 이대로 조부님의 유언을 뿌리치겠다고?"

"후우."

정략에 대한 것은 태하에게 아주 큰 마음의 짐이지만 츠바사에겐 너무나 좋은 기회였다.

"형이 남궁 가문에 인사를 가서 기회를 만들어. 남궁세가는 발이 워낙 넓으니까 지하 무인 세력을 모두 다 끌어들이는 데 좋지 않겠어?"

"흠, 그건 그렇군. 확실히 남궁세가의 영향력이 좋으니 사람들을 불러 모아 파티를 열거나 자선 바자회를 여는 일이 훨씬 쉽겠어."

"지금 우리의 능력으론 그 모든 국론을 통일시키기가 힘들어. 하지만 세계 최강의 재력가라면 얘기가 다르지. 그들은 굳이 무인 세력으로서가 아니라 자산가로서 대단한 입지를 가지고 있잖아. 그러니 우리가 뜻을 이루는 데 가장 빠른 방법이라 볼 수 있지."

태하는 그의 말이 맞다고 생각하기 했지만 마음이 썩 좋지는 않았다.

"…그렇다면 내가 진짜 그 집의 사위가 되어야 한다는 소리잖아?"

"뭐 어때? 듣자 하니 그쪽 아가씨가 상당히 미인이라고 하던데."

"미인이긴 하지. 그렇지만 이제 얼굴 두 번 보고 무슨 결혼을……."

"한번 생각이나 해봐."

"끄응."

태하는 다 좋은데 한 가지가 마음에 걸렸다.

"그렇지만 말이야, 츠바사. 내가 마음에 걸리는 것이 하나 있어."

"뭔데?"

"정확하지는 않지만 이상하게 마음에 걸리는 사람이 한 명 있단 말이지."

그는 고개를 갸웃거렸다.

"뭐? 그런 사람이 있어? 누군데?"

"사람이라고 하기에도 좀 애매하긴 한데……."

츠바사는 인상을 확 찌푸렸다.

"뭔 소리야? 사람이 아니라니? 너무 예뻐서 천사처럼 보인다는 소리야?"

"그럴 수도 있지. 워낙 미인이라서 말이야."

"거참, 누구를 말하는 거야? 그 정도 미인이라면 청림이라는 그 아가씨 말이야?"

순간, 태하가 화들짝 놀라며 되물었다.

"어, 어떻게 알았어?"

"내가 바보인 줄 알아? 두 사람의 기류만 봐도 딱 알지."

"그런가?"

"형, 한번 생각을 해봐. 이 세상에 어떤 여자가 호감도 없는 남자의 뒤를 쫓아다니면서 뒷수발을 들어? 더군다나 두 사람은 한집에서 같이 산다면서?"

"그렇지."

"이건 뭐 완전 동거와 다름없네? 두 사람 사이에 별일은 없었어?"

"마, 말도 안 되는 소리!"

츠바사는 아주 간단하게 정리하였다.

"그럼 답 나왔네. 마음은 있는데 서로 정은 통하지 못하겠다. 그런데 다른 여자를 만나자니 마음에 걸린다, 이거 아니야?"

"그런 셈이지."

"그럼 정을 통할 수 있는 여자와 만나."

"…어째서?"

"정을 통할 수가 없는 여자를 데리고 살면 행복할 것 같아? 그 예쁜 얼굴 뜯어 먹으면서 살래?"

"그건 아니지만……."

"더군다나 형네 본가가 아주 지독한 사대부라면서? 그런 집안에서 애초에 이어지지 않을 여자 때문에 조부님의 유지를 뭉갤 것 같아? 어림도 없는 소리지."

츠바사가 태하에게 이런 조언을 할 수 있는 것은 그가 가족이기 때문이다.

"내가 하는 얘기 잘 들어. 형은 올바른 선택을 해야 하는 사람이야. 실수를 해선 안 된단 말이지. 실수했다간 여러 사람이 피해를 보니까."

"…그런가?"

"아무튼 잘 생각해 봐. 형이 어떻게 행동하는 것이 옳은지."

"……"

태하는 머리가 너무 복잡해졌다. 하지만 곧 정리가 끝날 것이라고 믿어 의심치 않았다.

*   *   *

늦은 밤, 청림이 홀로 집에서 태하를 기다리고 있다.

쏴아아아아!

그나마 예정에 없던 비가 내리고 있어 그녀의 기다림은 조금 덜 지루했다.

"오늘은 비라도 내리네. 매번 새까매서 지루했는데……."

그녀가 인간 세상에 나와서 할 수 있는 가장 행복한 일은 태하와 함께 시간을 보내는 것이었다.

처음 그가 청림을 죽음에서 구해주었을 때도 그랬지만 그녀는 태하가 아주 좋은 사람이라고 생각했다.

만약 그에게 이런 매력이 없었다면 애초에 함께할 수 없었을지도 모른다.

그녀는 가만히 생각에 잠겨 있다가 불현듯 들리는 발소리에 귀를 기울였다.

저벅저벅.

약간 높은 남성화가 내는 발소리, 그녀는 이것이 태하의 것이라고 확신했다.

"오라버니?"

그녀가 창밖으로 고개를 내밀자 어김없이 우산도 없이 비를 맞고 있는 태하가 보인다.

청림은 당장 우산을 가지고 태하에게로 달려갔다.

"오라버니!"

"집에 있었어?"

"그럼요. 이세민을 잡아들여서 오늘은 오라버니가 집에 오실 것 같았거든요."

"흐흐, 그래?"

어쩐지 좀 피곤해 보이는 태하에게 그녀가 걱정스러운 말투로 물었다.

"피곤하세요?"

"정신적으로 좀 치이고 다녔더니 힘드네."

"그럼 어서 들어가서 쉬세요."

태하는 고개를 내저었다.

"아니, 오늘은 청림과 함께 술을 한잔하고 싶어."

"술이요?"

"간단하게라도 술 한잔하면서 얘기를 나누고 싶네."

순간, 그녀의 얼굴이 환해지며 그동안 가슴에 쌓여 있던 응어리가 다 녹아내렸다.

"좋아요! 그럼 오라버니는 집에 계세요. 제가 술을 사올게요."

"그럼 그럴까?"

"일단 씻고 계세요!"

그녀는 당장 지갑을 챙겨서 동네 어귀에 있는 슈퍼마켓으로 달렸다.

파바바밧!

현경에 오른 그녀의 경공은 빗속을 뚫고 빛의 속도로 슈퍼에 닿았다.

청림은 태하가 평소에 좋아하는 소주와 안주거리를 사서 잽싸게 집으로 다시 달렸다.

피융!

거의 총알처럼 달려 나가는 그녀의 얼굴에는 아주 진한 미소가 걸려 있었다.

"오늘은 운이 좋았어. 이세민 그 작자가 시기적절하게 잡히다니 말이야. 당분간은 오라버니와 시간을 보낼 수 있을까?"

태하와 함께 시간을 보낸다는 생각만으로도 그녀는 가슴이 벅차오르는 것을 느꼈다.

잠시 후, 집에 도착한 청림은 아직 샤워를 끝내지 않은 태하를 기다릴 겸 냉장고에 있던 재료들로 밥상을 차려냈다.

평소에도 식사와 함께 술을 곁들이는 것을 즐기던 태하이기에 반주를 준비하는 그녀의 손길에 행복감이 넘쳤다.

"흐흐흥!"

콧노래가 절로 흘러나오는 그녀의 곁으로 태하가 다가왔다.

"요리를 하는 거야?"

"네. 뭔가 먹을거리가 좀 있어야 할 것 같아서요."

"하긴, 술을 마시는 데 그냥 맹물만 마실 수는 없겠지?"

그는 청림의 곁으로 다가와서 재료를 다듬고 주방을 적당히 치워주면서 주방 보조 노릇을 해주었다.

평소에도 손이 빠른 청림이지만 태하가 도와주니 한 상 가득 차리는 데 불과 30분도 채 걸리지 않았다.

닭고기를 시작으로 소고기, 돼지고기, 생선 등, 없는 것이 없을 정도로 푸짐한 술상이 완성되었다.

태하는 음식을 먹기 전에 그녀에게 술을 권했다.

"우선 한잔할까?"

"밥부터 안 드시고요?"

"후후, 괜찮아. 요즘은 선 술, 후 밥이야."

"알겠어요."

어쩐지 평소와는 다른 분위기의 태하에게서 술잔을 받은

그녀는 반대로 그의 잔도 채워주었다.

쪼르르.

술이 잔에 가득 찰 쯤 태하가 입을 열었다.

"저기, 청림."

"네, 오라버니."

"내가 할 말이 있어."

그녀는 어쩐지 태하가 오늘은 무슨 소리를 할 것이라고 생각하긴 했다.

"그래요. 평소와 다르긴 했어요. 오라버니답지 않은 행동이었다고나 할까요?"

"어떤 면에서?"

"평소 같았으면 혼자 샤워를 한다고 술을 사오라고 시키지도 않았을 거고, 밥을 먹기 전에 술부터 따르지 않았겠죠. 그리고 집에 들어오면서부터 피곤하다고 말하지도 않았을 것이고요."

"그랬나?"

태하는 어색한 미소를 지었다.

"사람이 갑자기 좀 진지한 말을 꺼내려니 안 하던 짓을 하게 되네."

"원래 그런 법이죠."

그는 건배를 하기 전에 본론으로 들어갔다.

"청림, 아무래도 이제 우리는 따로 사는 편이 좋겠어."

"…그게 무슨 말씀이세요?"

"오해는 하지 말아줘. 정혼자가 생겨 혹시라도 사회적으로 물의를 빚을까 봐 하는 소리야."

청림은 그의 말이 이해가 되면서도 한편으론 서운한 마음을 감출 길이 없었다.

"그럼 앞으로 오라버니와 저는 다신 만날 수 없는 건가요?"

"아니, 그런 것은 아니야. 집에서 함께 사는 것만 없어질 뿐 다른 것은 항상 같아. 우리는 좋은 팀이잖아?"

"팀……."

사실 청림은 처음부터 두 사람의 인종이 달라서 언젠가는 서로 떨어져 살아야 한다는 것을 직감하고 있었다.

다만 마음속으로 태하와의 거리가 멀어지는 것을 본능적으로 피하고 있었을 뿐이다.

그녀는 애써 미소를 지었다.

"후후, 그렇군요. 생각해 보면 다 큰 남자가 어엿한 성인 여자와 함께 사는 것도 보기에 좋지 않죠."

"이해해 줘서 고마워."

"그럼 앞으로 저나 오라버니는 어디서 살아가게 되는 건가요?"

"아마 우리 집에서 그리 멀지 않은 곳에 아파트나 빌라를 구매해서 살면 되지 않을까 생각해."

"그렇군요."

청림은 태하에게 건배를 제안했다.

"일단 한 잔하시죠. 떨어질 때 떨어지더라도 건배는 해야 하니까요."

"고마워. 이해해 줘서."

"별말씀을요."

두 사람은 잔을 부딪쳤다.

챙!

그녀는 목구멍으로 술잔을 털어 넣으면서 눈물도 함께 삼켰다.

'앞으론 오라버니를 기다릴 필요가 없어. 뭘 먹일지 고민할 필요도 없고. 차라리 잘되었지, 뭐.'

청림은 웃는 얼굴로 또다시 잔을 권했다.

"한 잔 더 해요!"

"그럴까?"

두 사람의 술자리가 생각보다 더 길어진다.

*   *   *

며칠 후, 청림이 살 집이 구해져 그녀의 이사가 한창이다.

태하는 얼마 안 되는 그녀의 짐을 주상복합 아파트로 옮겨
주면서 몇 가지 당부를 했다.

"최대한 편하고 재미있게 살아. 어차피 매일 볼 테지만 만
약 내가 필요할 때엔 주저하지 말고 전화하고."

"그럴게요."

그녀가 살 아파트는 도심 외곽에 위치한 주상복합 아파트이
지만 주변의 경관이 수려하고 단지 옆으로 계곡에 호수까지
있는 입지라서 가격이 상당했다.

하지만 태하는 그녀에게 그 어떤 것을 해주어도 전혀 아깝
지가 않았다.

아니, 오히려 더 해주고 싶어도 해줄 것이 없어서 문제였다.

청림은 태하에게 미소를 지으며 말했다.

"오라버니, 혹시라도 저를 떨어뜨려 놓는 것이 걱정이시라면
그럴 필요 없어요. 저는 안 그래도 충분히 행복하니까요."

"고마워. 그렇게 말해줘서."

이제는 태하에게서 청림에게로 옮겨간 백룡이 아주 편안한
자세로 그녀의 어깨 위에서 잠을 자고 있다.

쿠울.

태하는 실소를 흘렸다.

"저놈, 아무래도 내가 별로 좋지는 않았던 모양이야. 나와
함께 있을 때엔 한 번도 잠을 자는 모습을 보여주지 않았는데

말이야."

"백룡은 저를 동료로 생각하고 있어요. 이를테면 친구 정
도?"

"그렇군."

신수와 몬스터는 어딘가 통하는 구석이 있는 모양인지 둘
사이에는 벽이라는 것이 애초에 존재하지 않았다.

물론 백룡이 태하를 알파로 인정하고 어느 정도의 교감을
갖긴 했지만 그것은 어디까지나 상명하복의 관계였다.

아마도 백룡은 태하를 친구로 생각하지는 않을 것이다.

"아무튼 둘이 잘 지내봐. 백룡은 여러모로 쓸모가 많은 녀
석이니 적극적으로 사용하고."

"그럴게요."

이사를 끝마친 태하이지만 어쩐지 그녀에게서 돌아서는 것
이 쉽지가 않았다.

어차피 내일이면 또 볼 그녀이지만 이렇게 떨어지는 것이
맞는지에 대한 생각이 든 것이다.

청림은 그런 태하의 마음을 아주 잘 알고 있었다.

"그만 가세요. 이만 집을 정리하고 좀 쉬어야겠어요."

"그래, 이젠 서로의 생활이 있으니 그것을 존중해 줘야지."

다른 것은 몰라도 청림은 맺고 끊음이 상당히 확실한 편이
라서 한번 마음을 먹으면 흔들리는 법이 없었다.

태하는 씁쓸한 표정으로 돌아섰다.

그날 밤, 태하는 츠바사와 함께 술판을 벌였다.

비록 태하의 집 다락방에서 갖는 조촐한 술자리였지만 쌓여가는 술병의 숫자는 결코 적지가 않았다.

태하는 츠바사와 앞으로의 일에 대해 상의하였다.

"이제 청림이 나갔으니 본격적으로 일을 시작하는 건가?"

"어차피 정해진 수순이었다고 볼 수 있지만, 우리에겐 오히려 기회가 되는 셈이지."

두 사람은 남궁세가를 이용하여 청야성의 끄나풀을 일망타진할 생각이다.

가능하다면 각 국가의 대표들과도 회동하면 좋겠지만 그것은 힘들 테니 일단 지하 세계부터 정리하는 것이 옳은 일일 것이다.

츠바사는 태하에게 상견례부터 하는 것이 좋겠다고 제안했다.

"어머니에게 상견례를 갖자고 말해놓고 형의 백부에게도 살짝 수를 흘려놓자. 그래야 자연스럽게 서로 안면을 틀 수 있지."

"하지만 상견례 이후에 그들과 친해지는 것이 쉽지 않을 텐데 괜찮을지 모르겠어."

"그거야 형이 하기 나름이지, 뭐. 내가 최대한 뒤에서 도와줄 테니까 너무 걱정하지 마."

사람과 사람의 관계라는 것은 모름지기 공통분모가 있어야 친해질 수 있게 마련인데, 지금 태하의 경우는 무인이 아닌 의사로서 그들에게 다가가는 것이다.

그러니 아마도 태하가 지금까지 사귀어온 무인들과는 조금 다른 접근 방법이 필요할 것이었다.

츠바사는 태하에게 아주 작은 팁을 하나 주었다.

"남궁세가에서 세계 최고 종합 격투기 시합인 '블러든'을 연대. 블러든은 내공의 사용이 금지되고 오로지 체술로만 경기를 치르는데 일반인들 사이에선 인기가 아주 높아. 덕분에 MMA 시장이 급부상하고 있는 추세이지."

"흠, 종합 격투기라……."

"종합 격투기라고 해봐야 뭔가 특별한 것이 아니야. 그냥 무기나 내공 없이 사람을 쓰러뜨리는 단순한 경기일 뿐이지."

츠바사는 태하에게 그들과 친해질 수 있는 단 한 가지 방안에 대해 설명하였다.

"이모부에게 술기를 배웠다고 슬쩍 운을 떼봐. 어떤 방식으로든 그들에게 사성권 술기에 대해 어필할 수 있다면 관계가 한층 더 매끄러워질 수 있을 거야."

"그래, 그런 방법이 있긴 하겠군."

"단, 절대로 실력을 모두 다 보여주지는 마. 잘못하면 정체가 탄로 날 수도 있잖아?"

태하는 츠바사의 조언을 듣기로 했다.

"그래, 네 말대로 한번 해보도록 할게."

"아무쪼록 자존심 상한다고 사고 치지 말고 잘해."

태하는 실소를 흘렸다.

"후후, 살다 보니 별일이 다 있군. 츠바사가 나에게 사고 치지 말라고 당부하다니 말이야."

"나도 이제 슬슬 나이를 먹어가니까 최대한 침착하게 되더라고. 그래서 노파심에 하는 얘기야."

비록 자신보다 어린 동생의 조언이지만 결코 기분 나쁘지는 않은 태하다.

오히려 츠바사가 미고뭉치에서 사람이 되어가는 것 같아서 속으로는 상당히 뿌듯해하고 있었다.

제5장
남궁세가

중국 베이징의 남성호텔로 장지원 이질이 당도하였다.

장지원은 자못 긴장되는 감성을 숨길 수가 없었다.

"…너희 부모님 결혼식 때에도 못 본 사돈들을 이제야 보다니, 만나면 무슨 말부터 해야 하나?"

"그냥 편하게 생각하세요. 어차피 저와 그다지 정도 없는 친가인데 그리 말이 많겠어요?"

"그렇긴 하지만……."

절연된 기간이 길었던 만큼 가족의 정은 거의 없다고 보는 것이 맞을 것이다.

태하는 철저히 외탁으로 자라났기 때문에 이모가 거의 어머니와 같은 존재였다.

그는 이모 장지원의 손을 잡았다.

"가요."

"그럴까?"

다정하게 손을 잡고 남성호텔로 들어선 태하와 지원은 로비에서 미리 두 사람을 기다리고 있는 김명주와 그 여동생들과 마주하였다.

김명주와 차녀 김명희, 삼녀 김명애가 두 이질에게 인사를 건넸다.

"처음 뵙겠습니다. 김명주라고 합니다. 태하에겐 큰아비가 되는군요."

"반갑습니다. 장지원입니다. 태하의 이모입니다."

김명희는 지원을 상당히 경계하듯 말했다.

"듣던 대로 미인이시네요. 제가 보아온 여협들과는 많이 다르시군요."

"과찬이세요. 이제 세월이 많이 흘러서 퇴물이 다 되었지요."

장지원은 내공의 영향으로 아직도 30대의 미모를 유지하고 있었으나, 김명희는 이미 지천명의 세월이 모두 묻어 있었다.

그나마 김명애가 조금 어려 보이긴 했지만 잘못하면 지원과

모녀지간이라고 해도 믿을 판이다.

그만큼 장지원의 젊음은 고스란히 유지되고 있었다.

김명주가 태하에게 가까이 오라는 손짓을 했다.

"이리 오너라. 이제 곧 사돈들이 오실 거야."

"예?"

지원을 혼자 두는 것이 못내 걸리는 태하에게 그녀는 웃으면서 말했다.

"그래, 아무래도 아버지 대신 오신 백부님과 함께하는 것이 좋지 않겠어?"

"알겠어요."

마지못해 김명주의 곁으로 다가선 태하에게 고모들이 몇 마디 건넨다.

"큰아버지를 너무 불편해하지는 말아라. 네 아버지가 비록 절연하여 정이 없다곤 해도 엄연히 혈육 아니야? 이제부터라도 차근차근 정을 쌓아나가야지."

"예, 고모님."

김명주는 여전히 표정의 변화 없이 태하를 이끌었다.

"옷매무새를 단정히 하고 사돈이 오시면 깍듯하게 인사하여라."

"예, 백부님."

잠시 후, 호텔의 문이 열리며 남성그룹의 현 회장이자 남궁세가의 가장 남궁천영이 일가를 이끌고 들어섰다.

남궁천영의 주변에 있는 종친과 슬하의 자식들에게선 전부 무인의 풍모가 유감없이 뿜어져 나오고 있었다.

태하는 아무래도 저들이 일부러 과시용으로 사람들을 저렇게 많이 끌고 온 것이 아닌가 싶었다.

'무인들로 기선을 제압하겠다?'

비록 남궁설아는 태하를 압박하겠다는 생각이 없었을지도 모르겠으나, 나머지 인물들은 그게 아닌 모양이다.

남궁천영이 김명주에게 다가와 악수를 건넨다.

"아이고, 김 의원님!"

"오랜만입니다. 잘 지내셨지요?"

"물론입니다."

"남궁 회장님께선 나날이 회춘하시네요. 부럽습니다."

"하하, 별말씀을요. 이제 머리가 희끗희끗해져서 염색을 하지 않으면 완전 할아버지 소리를 듣는데요."

"그래도 저보다야 훨씬 나은 편이지요."

남궁천영은 김명주의 곁에 서 있는 태하를 바라보며 물었다.

"저 청년이 고 김명화 대협의 아드님이십니까?"

"예, 그렇습니다."

"역시 듣던 대로 인물이 아주 훤하군요. 생각대로 기골도 아주 건실하고요."

"하하, 그렇게 칭찬을 해주시니 제가 다 뿌듯하군요."

"좋으시겠습니다. 이렇게 잘생기고 머리까지 좋은 조카를 두셔서 말입니다."

"과찬이십니다."

두 사람이 한창 서로의 얼굴에 금칠을 해주고 있을 무렵, 남궁천영의 아들들이 태하를 향해 다가왔다.

남궁천영의 아들 남궁설민이 태하에게 악수를 건넸다.

"반갑습니다. 설아의 큰오라비 설민입니다."

"김태하입니다."

태하는 대수롭지 않게 손을 내밀었으나, 남궁설민은 그 악수 안에 살기를 담고 있었다.

순간, 태하의 표정이 아주 미묘하게 일그러졌다.

'일반인에게 살기를? 아주 제대로 기선 제압을 하겠다는 뜻이군.'

세상에 그 어떤 사람이 상견례에서 살기를 내뿜는가 싶었으나, 그 뒤에 있는 사람들의 눈빛을 보고 있자니 이해가 아주 안 되는 것도 아니었다.

무공으로 따지자면 새 발에 낀 박테리아보다 못한 그들이었지만 태하는 제대로 된 실력 발휘를 하지 못했다.

하지만 사람의 기백은 내공과 상관이 없는 것이니 굳이 위축된 모습을 보일 필요는 없었다.

"아무튼 잘 부탁드립니다, 형님."

"하하, 붙임성이 좋군. 나도 잘 부탁합니다."

아마도 기선 제압으로 이런 그림을 그려놓은 모양이지만, 이젠 더 이상 그들이 기선 제압을 할 수 없게 되었다.

잠시 후, 남성호텔로 김태진으로 변장한 청림이 들어섰다.

이미 현경의 경지에 이른 그녀가 굳이 내공을 숨기지 않고 풀어놓자 오히려 남궁세가의 기가 팍 죽어버렸다.

청림은 두 집안의 어른에게 꾸벅 고개를 숙였다.

"죄송합니다. 제가 좀 늦었지요?"

"아, 태진이! 태진이가 왔구나!"

"저번엔 인사가 늦었습니다."

"아니다"

이미 김명주와도 인사를 마친 태진은 집안의 기대를 한 몸에 받고 있었다.

물론 그것이 태하와 동일 인물이라는 사실이 알려지면 난리가 나겠지만 앞으로 그럴 일은 없을 것이다.

이제는 분위기가 반전되어 남궁세가가 위축된 상태로 청림을 맞이했다.

"험험, 사성회의 총괄이사께서 오셨군요."

"반갑습니다. 김태진이라고 합니다. 제가 공무가 좀 바빠서

비행기를 놓쳤습니다. 너그럽게 이해해 주셨으면 좋겠습니다."

"하, 하하, 별말씀을."

만약 태하가 약속에 늦었으면 난리를 쳤을지도 모를 일이지만 이미 한국 무인계에서 지존이라는 소리를 듣는 태진이기에 어쩔 도리가 없을 것이다.

이제 상견례의 균형이 태하의 집안으로 완전히 넘어왔다.

태하는 전음으로 그녀에게 고마움을 전했다.

'고마워.'

'별말씀을요. 안 그래도 저 싸가지 없는 무리를 언젠가는 한번 눌러줘야 앞으로의 일이 편할 것 아닌가요?'

'아무튼 잘했어. 덕분에 저놈들이 아주 합죽이가 되어버렸군.'

'후후, 보잘것없는 무공으로 사람을 능멸하려 들다니 배짱은 두둑하네요.'

'그러게 말이야.'

잠시 후, 남궁설아가 조금은 고무된 분위기를 풀어보려 나섰다.

"가시죠. 스카이라운지에 상견례장이 마련되어 있습니다. 일단 음식부터 좀 드시죠."

"그럼 그럴까?"

엘리베이터를 타고 올라가는 길, 태하는 청림의 어깨에 손을 척 올리며 말했다.

"이따가 술이나 한잔할까?"

"좋지."

두 형제의 친밀도가 높을수록 남궁세가는 긴장할 수밖에 없었다.

얼마 전, 김태진이 한국의 쟁쟁한 무인 집단을 홀로 격파한 것이 거의 생중계되다시피 했기 때문이다.

만약 까딱 잘못했다간 남궁세가도 무사하지 못할 것이라는 생각이 드니 어쩔 수 없이 숨을 죽일 수밖에 없었던 것이다.

덕분에 태하의 처가 생활이 조금은 편해질 것으로 보였다.

*　　　　*　　　　*

상견례가 진행되는 스카이라운지 프라이빗 룸에는 한식과 양식이 한데 어우러져 푸짐한 한상이 차려져 있었다.

태하는 김명주의 곁에 앉아서 식사를 하고 있는 중이다.

남궁천영은 태하와 설아의 결혼을 언제쯤 추진하는 것이 좋을까 하는 얘기를 먼저 꺼내 들었다.

"딸 가진 아비로서 하루라도 빨리 백년가약을 맺고 싶은 마음이 굴뚝같습니다. 아마 같은 아버지 된 입장이라 충분히 이해해 주시리라 믿습니다."

"으음, 그래요. 우리도 기왕지사 만난 김에 날을 잡고 싶습니다. 꽤 오래 준비해 온 혼사인데 뭐 그리 허례허식을 따지겠습니까? 그냥 당사자끼리 예물 좀 교환하고 가족끼리 식사나 했으면 좋겠습니다."

"좋지요. 요즘 트렌드가 가족 혼례라고 하니 비공개로 조촐하게 진행하는 것도 좋겠습니다."

김명주는 결혼을 속전속결로 끝내기 위해 이미 머리에 그림을 다 그려 온 모양이다.

"한국에선 사위가 처가의 앞마당으로 가서 혼례를 치르는 것이 정석입니다. 그러니 저희들은 이곳 남성호텔에서 식을 치르는 것이 괜찮겠다 싶습니다."

"흠, 사돈의 생각이 그러하시다면 이곳 스카이라운지는 어떻습니까? 가족들끼리 모이는 자리라면 충분하다고 사료됩니다만."

"좋지요. 음식도 정갈하고 퀄리티도 높으니 종친들이 분명 마음에 들어 할 겁니다."

"그럼 더 이상 미루지 말고 여기서 날짜만 정해놓고 돌아가시지요."

"그럽시다."

태하는 생각보다 결혼이 너무 속전속결로 이뤄지는 것이 아닌가 하는 생각이 들었다.

하지만 식을 미룰 수 있는 방법이야 많으니 남궁세가와 친해지는 것이 급선무였다.

앞으로야 어떻게 되든 간에 지금은 결혼에 대한 생각이 있다는 것을 피력해야 한다.

"태하 군, 언제가 가장 좋겠나?"

"저는 어른들이 정해주시는 날에 따르겠습니다."

"음, 신랑의 마음이 그렇다면야 여기서 결판을 짓지요."

"그립시다."

두 가장은 각자 2개월 내의 날짜를 얘기하였다.

"5월 3일이 어떠십니까?"

"지와 비슷한 생각이시군요. 저는 5월 10일이 어떨까 싶었습니다."

"그럼 기압지사 5월에 치르는 김에 한국에서는 행사가 많은 초순을 피해서 5월 12일쯤이 어떠십니까?"

"아아, 좋군요. 그럼 5월 12일로 결정하도록 하시죠."

김명주는 남궁설아의 의중을 물었다.

"우리 아가씨의 뜻은 어떠하신가?"

"저는 시댁의 뜻을 따르는 것이 여러모로 좋다고 생각합니다."

"하하, 그럼 문제될 것 없겠군."

그야말로 순식간에 결혼 날짜가 잡히고 이제 양가의 가장

들은 자리를 옮겨 술자리를 갖기로 했다.

"식사가 끝난 후에 술이라도 한잔 어떠십니까?"

"좋지요."

남궁천영은 태하를 바라보며 참석에 대한 의사를 물었다.

"태하 군, 어떤가? 자네도 같이 한잔하지 않겠나?"

"제가 어른들 자리에 끼어도 되겠습니까? 결례가 되지 않을까 걱정이 됩니다만."

"하하, 괜찮네. 장차 사위가 될 사람인데 주량도 몰라서야 되겠는가?"

김명주는 남궁천영의 말을 지지해 주었다.

"그래, 사돈의 말씀이 맞아. 같이 한잔하러 가자꾸나."

"예, 백부님."

그는 이어 태하의 맞은편에 앉아 있는 설아를 가리키며 말했다.

"그렇다면 기왕지사 가는 김에 따님도 함께 데리고 가시지요."

"으음, 그래도 되겠습니까? 아녀자가 술자리에 끼면 지루하지 않으시겠습니까?"

"아닙니다. 저도 앞으로 조카며느리가 될 아가씨의 주량 좀 보고 싶군요."

"하하, 그런 것이라면 얼마든지 끼어도 좋지요. 설아야, 준비하여라."

남궁설아는 아주 조신하게 고개를 숙였다.

"예, 아버님. 술자리를 마련하겠습니다. 주종은 중국술로 준비해도 괜찮을까요?"

"물론이지. 사돈도 괜찮으시지요?"

"당연하지요. 중식에 고량주 한잔, 아주 좋지요."

"알겠습니다."

이제 상견례가 파하고 나자 주인공들만 남고 모두 집으로 돌아가게 되었다.

*　　　　*　　　　*

김면주와 남궁처영이 호텔에서 차를 마시고 있는 동안 태하와 설아는 술집을 섭외하기 위해 상하이 시가지로 향했다.

설아는 집안의 어른들이 자주 가는 술집 가운데에서도 가장 품위가 있고 음식의 내공이 깊은 곳을 찾아서 들어갔다.

따리리링!

술집 안에는 비파 소리가 울려 퍼지는 가운데 중국 전통 무희들이 화려한 의상을 입고 조용히 춤을 추고 있었다.

태하는 이런 분위기의 술집이 처음이라서 흥미가 생겼다.

"마치 명나라 대의 최고급 객잔을 보는 느낌이군요."

"기루와 객잔의 중간쯤이라고나 할까요? 여자들의 착석은 없습니다만, 음악과 춤이 풍류를 살려주지요."

"이 정도면 충분하겠습니다. 어르신들도 분명 기뻐하실 겁니다."

"당신도 이곳이 좋아요?"

"네, 좋습니다."

그녀는 슬그머니 미소를 지었다.

"다행이네요. 저는 당신이 중국풍 술집을 싫어하면 어쩌나 하고 걱정했거든요."

"그 나라에 오면 그 나라의 술을 마시는 것이 정석 아니겠습니까?"

"그건 그렇지요."

설아는 술집의 VIP룸을 예약해 놓고 모태주에 걸맞은 최고급 요리를 능숙하게 주문하였다.

주류와 어울리는 고기와 탕, 속을 부드럽게 달래줄 두부와 콩 요리까지 전부 맞추어 주문하였다.

요리를 모두 다 주문한 그녀는 이곳에서 간단히 차를 한잔 마시고 갈 것을 제안했다.

"이곳은 찻잎도 상당히 고급이에요. 한잔하고 가요."

"그럴까요?"

그녀는 푸얼차를 주문하여 태하와 자신의 앞에 두었다.

푸얼차는 술처럼 오래될수록 풍미가 높아져 빈티지가 높을수록 가격이 비싸지는 특징이 있다.

설아는 태하에게 결혼에 대한 솔직한 심경을 물었다.

"어때요? 앞으로 2개월만 더 있으면 결혼하게 될 텐데, 억울하지 않아요?"

"뭐가 억울합니까?"

"저처럼 앞뒤가 꽉 막힌 여자를 만나서 평생을 살 생각을 하면 답답할 것 같아서요."

태하는 실소를 흘렸다.

"후후, 왜 그런 생각을 했습니까?"

"그냥 좀 자신감이 없어졌다고나 할까요? 저는 결혼을 원한 사람이지만 막상 결혼이라는 것이 눈앞에 닥치고 나니 자신이 없어서시요."

"그런 생각 할 필요 없습니다. 당신은 충분히 좋은 여자예요. 저번에도 말했다시피 강박을 버린 당신은 이 세상에서 제일 순수하고 착한 여자입니다. 남자를 편안하게 해줄 줄도 아는 배려심도 있고요."

"정말요?"

"물론 당신이 비단 내 약혼녀라서 그런 것은 아닙니다. 만약 당신과 내가 정략으로 만나지 않았다고 해도 저는 당신에게 충분히 호감을 가졌을 겁니다. 또한 당신이 굳이 애인이나 정인으로 맺어지지 않았다고 해도 사력을 다해서 친구로 만들고 싶었을 것 같아요."

"여자가 아닌 사람으로서 제가 좋다는 건가요?"

"여자로서의 매력, 사람으로서의 매력, 모두 다 가지고 있다는 뜻이죠."

그녀는 태하의 칭찬에 기분이 아주 좋아진 모양이다.

"훗, 안 그럴 것 같은 사람이 칭찬을 해주니 너무 좋네요."

"내가 칭찬에 인색한 것 같아요?"

"처음의 인상이 워낙 깍쟁이라서 말이죠."

"후후, 그랬습니까? 그럼 앞으로 칭찬 좀 많이 해야겠네요."

"그래요. 그래주세요."

이제 얼추 차를 다 마셨으니 호텔로 돌아갈 차례다.

"그럼 갈까요?"

"그럽시다."

설아는 술집을 나서는 태하의 팔에 자신의 팔을 감았다.

아주 자연스럽게 팔짱을 낀 그녀는 의외로 부끄러운 듯이 고개를 푹 숙였다.

"…아직 날씨가 많이 춥네요. 팔 좀 빌릴게요."

"그럽시다."

태하는 그녀의 손을 잡아 자신의 코트 주머니에 넣었다.

"기왕지사 따뜻해지는 김에 이렇게 하면 더욱더 좋지 않겠어요?"

"…그러네요."

비록 정략이긴 하지만 두 사람의 사이가 점점 더 가까워져
간다.

*　　　*　　　*

늦은 저녁,

정략결혼을 하기로 한 두 사람의 사이가 좋으니 술자리의
분위기가 아주 좋았다.

태하는 예비 징인 남궁천영에게 술을 한 잔 따라주었다.

"한 잔 받으시죠."

"그래그래!"

슬하에 아들이 꽤 많은 남궁천영이지만 전부 앞뒤가 꽉 막
힌 무인들이라 안 그래도 어딘가 헛헛한 구석이 있던 참이다.

그는 자신이 맨 처음 태하라는 인물에 대해 전해 들었을
때의 감정을 솔직하게 말했다.

"난 말일세, 자네에 대해 전해 들었을 때 실망을 좀 했다
네."

"어떤 면에서 말씀이십니까?"

"의사에 평생 공부밖에 못 해봤다고 하니 당연히 실망할 수

밖에. 그런데 이제 보니 자네의 기골이 거의 무인 뺨치는군."

"과찬이십니다."

"자네, 무슨 운동이라도 하나?"

순간 태하는 츠바사가 한 말이 머리를 스쳤다.

"아버지에게서 술기를 배웠습니다. 그리고 브라질리언 유술과 일본의 유도를 좀 배웠습니다."

"오오, 그런가?!"

"비록 제 동생의 발끝에도 미치지 못합니다만, 뒷골목 불량배들에게서 스스로를 지키기 위해 열심히 연습했습니다."

"그 경지가 궁금하군. 부친의 술기는 얼마나 배웠나?"

"기본 구결만 전수받았습니다. 총 25개의 기본 술기와 연결동작 등만 배우고 더 이상은 진전이 없었습니다. 내공 수련을 하지 않으면 전부 소용이 없기 때문입니다. 원래는 사성권의 술기가 상승무공에 포함되어 있는 것이라 그냥 수박 겉핥기만 한 셈이지요."

"흠, 그렇다면 사성권을 더 이상 배우기 힘들어서 브라질 주짓수나 유도에 관심을 둔 것이었군?"

"사실은 무인이 되기 싫어서 무공을 더 수련하지 않은 탓도 있습니다. 저는 어려서부터 의사가 되고 싶었기 때문입니다."

"꿈이 확실했군."

브라질 주짓수나 유도는 이종격투기에서 가장 많이 사용되는 기술이기 때문에 블러든에서도 적지 않게 나오곤 한다.

남궁천영은 태하에게서 의외의 모습을 발견하곤 조금 더 호감을 느꼈다.

"머리도 좋은 전문의가 운동까지 잘한다? 여자들에게 인기가 꽤 있었겠군."

"아닙니다. 주변에 여자라곤 의사와 간호사, 환자뿐이었습니다."

"하하, 그중에서 좋은 여자가 없었던가?"

"다행히도 지금까지 인연이 닿지 않았습니다."

"그게 어째서 다행인가?"

"비록 여자를 만나보지 못했습니다만, 그 덕분에 안전하게 남궁가에 장가를 들 수 있게 되지 않았습니까?"

약간의 아부기 섞여 있긴 하지만 태하가 허세를 부리거나 아주 없는 말을 지어낸 것은 아니기 때문에 딱 적당하게 분위기를 띄울 정도가 되었다.

남궁천영은 무척이나 기분이 좋은 모양이다.

"그래, 이렇게 된 김에 한잔 더 하자! 의원님, 한잔하시죠."

"그럽시다."

태하 덕분에 술자리는 무르익어 갔지만 이제 남궁천영과 김명주는 주량이 거의 다 된 것 같았다.

김명주가 먼저 술자리를 파하자고 제안했다.

"후우, 더 마시고 싶습니다만 이제는 한계입니다. 오늘은 그만하시죠."

"으음, 그럴까요? 저도 나이가 나이인지라 더 이상 술이 안 들어가는군요."

두 사람이 자리에서 일어섰다.

"그럼 비서들을 통해서 숙소로 들어가시지요."

"그럽시다."

남궁천영은 태하와 설아를 술집에 그냥 놓아두기로 했다.

"두 사람은 이곳에서 데이트 좀 더 하고 들어오게. 자네, 오늘은 우리 집에서 묵고 가게."

"예, 예?"

"왜 그러나? 앞으로 처가가 될 곳인데 잠자리를 익혀두면 좋지 않겠나?"

김명주는 눈치를 보는 태하에게 아주 작게 고개를 끄덕였다.

'그렇게 하여라.'

태하는 눈치껏 그의 말을 알아들었다.

"예, 알겠습니다. 그럼 어르신의 말대로 하겠습니다."

"하하, 그래! 사내가 그 정도 배짱은 있어야지! 아무튼 내 딸을 잘 부탁하네. 안 들어와도 좋으니 좋은 시간 보내게."

"예, 어르신."

태하는 두 사람을 보내곤 어색하게 웃었다.

"하하, 이것 참……."

"…우리 집에 방은 많으니 너무 걱정하진 마세요."

"그, 그렇군요."

두 사람 사이에 미묘한 기류가 흐르는 듯하다.

*   *   *

그날 밤, 태하는 남궁설아와 함께 남궁세가의 장원으로 들어섰다.

상하이 외곽에 위치한 남궁세가의 장원은 그 규모만 해도 무려 3만 평에 이르며 방의 숫자는 주택관리사가 아니면 제대로 파악하기도 힘들 정도로 많았다.

사람들이 이곳을 상해 속의 자금성이라고 표현할 정도로 그 규모가 상당하였다.

남궁세가는 일찍부터 상하이에서 대륙 간 중개무역을 하였는데, 그때의 흔적이 아직까지 남아 장원으로 이어진 것이다.

태하는 남궁설아가 머무는 방으로 안내를 받았다.

주택관리사들을 총괄하는 남궁장원의 집사는 두 사람이 함께 밤을 보낼 것을 종용하였다.

"자리를 봐두었습니다. 침대를 2인용으로 바꾸어두었으니 불편함은 없을 겁니다."

"…집사, 왜 따로 방을 준비하지 않았죠?"

"회장님께서 두 분께선 이미 혼약이 되어 있기 때문에 따로 방을 쓰는 것은 예비 사위에 대한 예의가 아니라고 하셨습니다."

"허, 허어."

태하는 어색하게 웃으며 집사에게 말했다.

"죄송합니다만, 남는 방이 있으면 제가 그쪽으로 가도 되겠습니까?"

"안 됩니다."

"이 집에는 방이 많다고……."

"방이 많기는 합니다만, 그 방을 모두 다 관리할 수가 없어서 먼지가 자욱합니다. 제 자존심은 물론이고 남궁정원의 법도에도 어긋나는 일입니다. 제가 이 장원에서 쫓겨나는 것을 원하지 않는다면 부디 이곳에서 지내주십시오."

집사가 이렇게까지 완강하게 나오는데 다른 방에서 자는 것은 아무래도 힘들 것 같았다.

태하는 난감하게 웃었다.

"하하, 이것 참……."

"아무튼 좋은 밤 되십시오. 그럼 저는 이만……."

집사가 방을 나선 후 남궁설아는 태연하게 샤워실의 문을 열고 태하가 입을 만한 옷을 건넸다.

"집사가 모든 것을 다 준비해 두었네요."

"그, 그러게 말입니다."

그녀는 태하에게 먼저 씻을 것을 제안했다.

"…씻으실래요?"

샤워를 권하는 그녀의 목소리가 약간 떨리는 것을 보니 설아 역시 긴장을 한 모양이다.

태하는 가만히 그녀를 바라보다가 슬며시 샤워실의 문을 닫았다.

"됐습니다. 샤워는 조금 있다가 하기로 하지요."

"…네?"

"술이나 한잔 더 합시다. 아직 12시도 안 되었고 내일은 주말 아닙니까?"

"그, 그건 그렇지요."

"오늘 술이나 좀 더 마시고 같이 한방에서 잡시다. 대학에서 MT 왔다고 생각하면서 말입니다."

너무 어색해서 어찌할 바를 모르고 헤매던 그녀가 이내 미소를 지었다.

"그럼 그럴까요?!"

"마실 만한 술이 있습니까?"

"제가 식당에 가서 술을 가지고 올게요. 어떤 술이 좋아요?"

"소맥이 좋겠군요."

"그래요!"

태하는 이 어색함을 술로 달래보기로 했다.

두 사람이 좁은 공간에 앉아서 술을 마시고 있자면 조금 어색할 만도 했지만 의외로 분위기는 화기애애했다.

태하는 그녀에게 한국의 대학에서 배운 술자리 게임을 하나하나 가르치면서 그녀를 게임의 세계로 인도하였다.

"자, 보세요. 두 손을 교차해서 숫자만큼 쌓는 겁니다. 자, 한번 해보세요."

태하가 먼저 손을 펼쳐서 내어놓자 그녀가 그 사이에 손을 하나씩 집어넣어 각각 층을 만들었다.

"15층!"

"하나, 둘, 셋… 열다섯!"

엇갈린 손을 밑에서부터 위로 올려 마지막 숫자에 해당하는 손의 주인이 술을 마시는 방식이다.

그녀는 태하가 알려주는 게임들이 아주 흥미로워서 저절로 웃음이 나왔다.

"호호, 재미있네요!"

"사람이 많으면 더 재미있습니다."

열다섯 번째 손은 그녀의 것이었다.

"자, 한 잔 마셔요."

"그래요."

설아는 태하가 건넨 술을 한 잔 비워내곤 씁쓸하게 웃었다.

"그러고 보면 저는 태어나서 못 해본 것이 너무 많네요."

"으음, 그래요?"

"어려서부터 공부만 해와서 또래 집단에 섞인 적도 없어요. 남자들이 그렇게 많은 경영학과를 나왔어도 아는 남자 한 명 없지요."

"저 역시 마찬가지입니다."

"그래도 태하 씨는 술자리라도 자주 가졌잖아요? 저는 그런 시간조차 없었어요. 그나마 술을 배운 것도 도대체 술을 왜 마시나 싶어서 힘들 때 한 번 마셔본 것이 여기까지 온 것이에요. 솔직히 저는 아무리 힘들어도 속내를 털어놓을 친구가 없어서 꾀민이었어요."

"으음."

태하 역시 자신의 속내를 털어놓을 친구가 없었다.

항상 반에서 1등을 지키지 못하면 하늘이 무너지는 줄 알았기 때문에 오로지 공부, 공부만이 살길이라고 생각했다.

대학에 진학해선 당연히 과 수석을 놓치지 않기 위해서 죽을힘을 다했고, 대학병원에서 인턴으로 시작할 때에도 남들보다 더 뛰어나야 한다는 강박을 가지고 있었다.

태하는 인턴에서부터 레지던트를 마칠 때까지 하루에 두

시간 이상을 자본 적이 없었다.

죽을 것 같은 시간을 타우린 한 병으로 버티면서 지금까지 온 것이다.

"그래요, 나도 병원에 내 20대를 다 바쳤어요. 그리고 보면 나도 가장 꽃다운 나이를 병원에 버렸네요. 이것 참⋯⋯."

그녀는 태하에게 한 가지 약속을 했다.

"태하 씨, 그럼 이렇게 해요."

"⋯⋯?"

"앞으로 우리가 해보지 못한 것들을 틈날 때마다 해보기로 해요. 이대로 나이를 더 먹으면 하지 못할 것들이 너무 많잖아요?"

그는 흔쾌히 고개를 끄덕였다.

"동료가 생겼군요. 이보다 더 기쁜 소식이 또 있겠습니까?"

"좋아요, 이제 저도 친구가 생긴 것이네요?"

"그러게 말입니다. 저도 친구가 생겼네요."

그녀는 태하에게 핸드폰을 내밀었다.

"핸드폰 번호를 알고 싶어요. 이제까지는 비서실을 통해서만 연락했잖아요? 친구는 시간이 날 때마다 전화를 하고 주말에는 같이 놀러도 다니던데⋯⋯."

"그럽시다. 이제부터는 시간이 날 때마다 같이 어울려 다녀요."

두 사람은 이제까지 회사와 회사를 통해서만 연락했지 개인적인 번호는 모르는 상태였다.

이제 두 사람은 서로의 핸드폰 번호를 공유하면서 한 발자국 더 친해지게 되었다.

$$* \qquad * \qquad *$$

이른 새벽, 태하와 설아의 술자리가 끝이 났다.

이제 막 술자리를 끝내고 일어선 태하는 설아가 잠자리를 준비할 동안 샤워를 마치고 나왔다.

태하는 깔끔해진 방을 바라보며 감탄사를 내뱉었다.

"우와, 언제 이렇게 깔끔하게……."

"그냥 하다 보니 그렇게 되었네요."

이제 그녀가 샤워할 차례이다.

"이제 설아 씨가 씻을 차례인데……."

"아, 네!"

그녀가 샤워를 하는 동안 태하는 열심히 푸시업을 실시하였다.

"후욱, 후욱!"

남자가 여자와 잠자리를 갖기 전, 은근히 근육을 자랑해야 하기 때문에 푸시업이나 턱걸이를 하는 사람이 많다.

물론 태하는 운동을 하든 안 하든 상관이 없는 사람이지만 심리적으로 아주 큰 도움이 되었다.

"후우, 이 정도면……."

어느새 빵빵해진 가슴을 이리저리 눌러보던 태하는 순간적으로 몸의 힘을 풀었다.

그는 자신도 모르게 잠자리를 준비하는 남자처럼 행동하고 있었던 것이다.

"험험, 이러면 안 되지. 명색이 양반 가문의 자손인데……."

다시 한 번 정신을 가다듬은 태하는 그녀의 방을 천천히 구경했다.

그녀의 방에는 별다른 물건이 없었다.

업무용 컴퓨터 한 대와 옷장, 화장대, 음료와 간단한 주류가 들어 있는 냉장고가 전부이다.

방의 구성만 본다면 태하와 별반 다를 것이 없었다.

태하가 한창 방을 구경하고 있는데 방구석 한편에 아주 오래되어 보이는 상자 하나가 눈에 들어왔다.

"이게 뭐지?"

그가 상자의 안을 들여다보려는데 샤워실의 문이 열리며 그녀가 걸어 나왔다.

"자기 전에 과일이라도……."

설아는 촉촉한 머리를 길게 늘어뜨린 채 나오다가 방구석에 있는 태하를 발견했다.

순간 그녀가 거의 질주하듯 달려와 태하를 밀어냈다.

"안 돼요!"

"어, 어어……?"

태하는 무심코 그녀의 몸을 받아내다가 중심이 무너져 버렸다.

자신이 그녀를 튕겨내면 설아가 넘어져 다칠 수도 있겠다 싶었던 것이다.

쿠웅!

"으윽!"

"꺅!"

두 사람이 뒤엉켜 넘어지면서 그녀가 몸을 날려 지켜내려던 상자가 엎어지고 말았다.

좌라라!

상자 안에는 손때가 잔뜩 묻은 바비인형과 그림 옷 놀이가 가득 차 있었다.

그녀는 순간 그것들을 재빨리 주워 담았다.

"…모, 못 본 척해줘요!"

"아, 아, 예!"

태하는 고개를 돌리고서 그녀가 정리를 마칠 때까지 기다려 주었다.

잠시 후, 그녀가 원망스러운 눈초리로 태하를 바라보며 말했다.

"…제가 아직까지 바비인형이나 가지고 노는 여자라서 실망했어요?"

"예? 그게 무슨 소리입니까?"

"철이 없다고 생각하거나 한심하다고 생각하거나……."

태하는 고개를 저었다.

"그럴 리가 있습니까? 어린 시절의 추억을 잊는 것은 별로 좋은 일이 아니에요. 제가 예전에 한 연구진의 통계 자료를 본적이 있는데, 여자들은 자신들이 어려서 가지고 있던 인형이나 애착 물품을 어른이 되어서도 가지고 있답니다. 심지어 죽을 때까지 소장하는 경우도 있지요."

"그, 그래요?"

"어쩌면 당신의 그런 행동은 당연한 일입니다. 그리고 저는 추억을 마구 버리는 사람보다는 아끼는 쪽이 더 마음에 들어요."

그녀는 슬그머니 미소를 지었다.

"…그럼 다행이고요."

"아무튼 다음부턴 그런 일을 숨기지 말아요. 적어도 나에게는 말이죠."

"고마워요. 이해해 줘서."

설아는 태하의 손을 잡았다.

"자, 가요."

"어디를 말입니까?"

"어디긴요. 늦었으니 이만 자야지요."

"어, 어디서요?"

"어디긴요? 침대지."

순간, 태하는 당혹감이 밀려들어 말을 더듬었다.

"어, 어, 그, 그러니까……."

설아는 딱딱하게 굳은 태하를 바라보며 곱게 미간을 찡그렸다.

"어? 혹시 자는 사이 나를 덮치거나 건드리려는 것은 아니겠죠?"

"그, 그럴 리가 있습니까?!"

"그럼 왜 그렇게 긴장을 해요? 그냥 같은 침대에서 잠만 자는 선네."

"험험! 그렇군요."

"이리로 와요."

그녀를 따라서 침대로 올라간 태하가 자리에 눕자 그녀가 리모컨으로 방의 불을 껐다.

삐빅.

그러자 방에 어둠이 내려앉았다.

설아는 태하에게서 등을 돌리고 누워 잠을 청하였다.

"잘 자요."

"설아 씨도."

태하는 이상하게 가슴이 두근거려 버틸 수가 없었다.

두근두근!

그의 나이 서른여섯, 여자를 한 번도 안 만나보았다면 거짓말이다.

그러나 지금까지 단 한 번도 여자를 앞에 두고 가슴이 두근거려 잠을 못 자본 적이 없었다.

'나이 서른이 훌쩍 넘어서 가슴이 두근거리다니, 이것 참······.'

신체 능력이 인간의 한계를 벗어났다곤 하지만 수컷의 본능은 없어지지 않는다. 아니, 오히려 더 왕성해지면 왕성해지지 줄어들지 않았다.

돌아누운 그녀의 머리카락과 몸에서 뿜어져 나오는 향기가 태하의 코를 간질이느라 그는 도통 잠을 잘 수가 없었다.

'···큰일이다. 이대로 있다간 이성의 끈을 놓고 말겠어.'

태하가 입술을 짓깨물며 등을 돌리자 이번에는 그녀가 태하를 바라보았다.

스르륵.

그녀는 태하에게 떨리는 목소리로 물었다.

"···태하 씨는 저 같은 여자에겐 매력을 못 느끼나요?"

"네, 네?! 그게 무슨······."

"원래 한 침대에 있으면 뭔가 특별한 일이 일어난다고들 하던데……"

태하는 터질 듯한 심장을 부여잡으며 그녀를 향해 돌아누웠다.

주변이 어둡긴 하지만 이제는 눈이 어둠에 적응해서 그녀의 이목구비가 한눈에 들어왔다.

그리고 약간 젖은 그녀의 머리카락이 가슴골 사이를 타고 들어가서 무척이나 뇌쇄적인 분위기를 자아냈다.

하지만 그 무엇보다 태하를 괴롭히는 것은 그녀의 귀여운 표정이었다.

마치 아기 고양이가 주인을 바라보며 뭔가를 간절히 원하는 듯한 표정이 그녀에게서 보인 것이다.

'위험하다. 신싸 찡신의 긴 을 놓아버릴 것 같아.'

태하는 그녀에게로 손을 뻗으려다가 초인적인 인내심으로 그것을 참아냈다.

"…설아 씨."

"네?"

"원래 세상에는 단계라는 것이 있는 법입니다. 우리가 정략치고는 꽤 늦은 나이에 만났다곤 해도 엄연히 남녀입니다. 저는 천천히 시간을 두고 서로를 알아가고 싶습니다."

"…그럼 나에게 매력이 없는 건 아니라는 소리네요?"

"당연한 소리입니다. 사실 몇 번이고 이성의 끈을 놓고 본능에 이끌릴 뻔했습니다. 그렇지만 아직까지는 미친 짐승이 되어선 안 된다고 판단했습니다. 그래서 이를 악물고 참은 겁니다."

"태하 씨……."

남녀 사이는 아끼면 똥 된다는 말이 있지만 그래도 태하는 아직까지 그녀와 육체적인 관계는 갖지 않기로 마음먹었다.

그녀는 태하에게 한 가지 부탁을 했다.

"그럼 부탁 하나만 할게요."

"뭔데요?"

"팔베개 해주세요."

"파, 팔베개를요?"

"…안 되나요?"

태하는 자신의 굳은 의지가 꺾일까 봐 무서웠지만, 그녀의 간곡한 부탁을 차마 거절할 수가 없었다.

그는 오른쪽 팔을 뻗어 그녀에게 내주었다.

"여, 여기……."

"…고마워요."

설아는 태하의 팔에 고개를 살며시 올려놓으며 배시시 웃었다.

"헷, 이런 느낌이구나."

"뭐가요?"

"말로만 들었지 남자의 팔을 베고 자본 적이 없어요. 심지어 우리 아버지도 어려서 저에게 팔베개를 해주지 않았어요. 오빠들은 원래 무뚝뚝해서 그럴 만한 인물들이 아니고요."

"아아……!"

"…좋네요. 뭔가 태하 씨의 몸에서 나는 특유의 살 냄새가 진하게 느껴져서 좋아요. 팔이 생각보다 단단하긴 하지만 약간 말랑말랑해서 잠도 잘 올 것 같고요."

그녀는 태하의 품에 파고들며 잠을 청했다.

"따뜻해요. 굳이 난방을 하지 않아도 되겠어요. 가슴이 넓어서 충분히 기대이 잘 수도 있고 좋네요."

"좋다면 다행입니다."

"…살 사요."

"당신도."

태하의 품에서 그녀는 스르르 잠에 빠져들었지만 태하는 한참 동안 잠을 이루지 못했다.

제6장
텃세

이른 아침, 태하와 설아는 본가의 식당에서 남궁 가문의 일원을 마주하게 되었다.

남궁천영은 어쩐지 뿌듯한 미소를 지으며 태하에게 물었다.

"그래, 잠자리는 편안했나? 우리 딸이 실수를 하지는 않았고?"

"아주 편안하게 잘 잤습니다. 그녀가 배려해 주어서 잠자리가 쾌적하고 좋았습니다. 자기 전에 두런두런 술을 한잔하면서 얘기도 나누고 말입니다."

"하하, 그렇군! 그래, 이래서 사람은 술을 마실 줄 알아야 한단 말이야! 이 세상에 많은 사람들이 술 때문에 죽는다고 하지만, 그 술 때문에 태어난 사람들을 생각하면 술이 아주 나쁜 것만은 아니야."

"어, 어르신, 아직 그런 단계는……."

"아하하! 난 기왕이면 딸이 좋겠는데 말이야. 보시다시피 우리 집안이 워낙 남탕이야. 딸이라곤 설아와 지아밖에 없어서 집안이 아주 시커멓지. 심지어 종친들까지 전부 아들만 낳아서 명절만 되면 아주 수컷 냄새 때문에 죽을 지경이라니까."

"하, 하하……."

그저 웃을 수밖에 없는 태하를 바라보며 남궁세가의 남자들이 서슬 퍼런 눈동자를 빛냈다.

"…벌써 같이 잠을 자는 사이야?"

"아, 아니, 그게 아니고……."

"그러다가 결혼이 엎어지면 죽을 수도 있다는 사실을 모르는 것은 아니겠지?"

남궁천영은 아주 호탕하게 웃다가 갑자기 표정을 굳혔다.

"네 이놈! 아침부터 악담을 하느냐!"

"죄, 죄송합니다."

"태하 군이 그런 파렴치한 짓을 할 리가 있나? 그리고 이 세상의 그 어떤 남자가 이 남궁천영의 여식을 건드리고 도망을 친단 말이냐? 전 세계 모든 정보기관에 수배를 당해서 평생 도망만 다니면서 살고 싶으면 그렇게 할 테지. 하지만 태하 군은 그런 치졸한 소인배가 아니야. 그렇지, 태하 군?"

태하는 아주 어색하게 웃었다.

"아, 아하하……."

"왜? 그럴 생각이 있었나?"

"아, 아닙니다! 그럴 리가 있습니까?"

"하하하, 그렇지?!"

설아는 궁지에 몰린 태하를 도와주었다.

"모두들 그만하세요. 아침부터 사람을 잡으시면 어쩌자는 겁니까?"

"험험, 잡기는 누가……."

"오라버니들, 죄송합니다만 제 나이도 나이이고 저희들의 일은 저희가 알아서 하겠습니다."

"쳇, 누가 뭐라고 했나? 네 마음대로 해라. 다만 우리 남궁 일가를 밉볼까 봐 하는 소리였다."

"그럴 리 없습니다. 그러니 안심하시지요."

남궁세가의 차남 남궁설휘는 분위기를 전환시킬 수 있는 말을 꺼냈다.

"참, 아버님께 들으니 김 선생께서 사성회의 상승무공인 술기의 일부분을 배웠다고 하더군요. 혹시 괜찮다면 그 실력을 좀 볼 수 있겠습니까? 아실지 모르겠습니다만, 우리 집안이 이종격투기를 거의 주도하고 있는 입장이라서 그쪽에 관심이 많습니다."

남궁설휘의 한마디에 집안의 관심이 다른 곳으로 쏠렸다.

"오오, 사성권의 술기라! 일반적인 유술과 다른 점이 무엇인지 궁금했는데 잘되었군요!"

"원래 사성권에는 술기가 없습니다. 그러니 아버지가 개발하신 이 술기는 사문에선 잘 사용하지 않는 것으로 압니다. 일반적인 유술을 기대하셨다면 실망을 할 수도 있습니다."

태하의 겸손에 남궁설휘가 고개를 저었다.

"누가 뭐래도 무기를 사용하지 않는 체술에선 사성회가 최고라고 알려져 있습니다. 그런 사성회에서 만들어낸 유술이라면 뭐가 달라도 다를 것이라고 생각합니다. 만약 그것을 제 눈으로 직접 보고 경험할 수 있다면 더없는 영광이겠지요."

이것은 언뜻 보면 아주 정중한 가르침을 구하는 행위이지만 알고 보면 태하를 유술로 눌러버리겠다는 뜻이 내포되어 있었다.

체술을 사용하자면 몸과 몸이 서로 부딪쳐야 하는데, 그것은 곧 스파링을 의미하기 때문이다.

태하는 그의 대련 신청을 받아들였다.

"제가 뭘 얼마나 보여드릴 수 있을지는 모르겠습니다만, 일단 할 수 있는 한 최선을 다하겠습니다."

"고맙습니다."

식사를 모두 마친 남궁세가의 일원은 모든 일정을 뒤로한 채 무도장으로 향했다.

*   *   *

태하는 사성회에서 사용하는 까만색 도복을 입고 남궁세가의 무도장 마루에 올랐다.

사성회는 고구려의 무장들이 입던 무복을 그대로 재현하여 자신들의 뿌리가 한반도에 있다는 것을 강조하였다.

사성회의 비홍검술은 고구려의 조의들에게서 분화하였고, 그들이 갈고닦은 체술이 지금의 사성권이 된 것이다.

이와 별개로 화랑회는 신라에서부터 기인하여 지금까지 이어졌으며 여래금강권으로 유명한 금성회는 백제의 배달 정신을 계승한 것이다.

이렇듯 한국의 무인 집단은 자신들의 뿌리가 고대 한반도의 전사들에게서 기인했다는 것에 자부심을 느끼고 있었다.

그런 의미로 사성회는 삼족오를 문파의 상징으로 사용하고 있다.

사성회의 붉은색 삼족오가 수놓아진 태하의 도복은 아버

지 김명화가 입던 것이다.

우연인지 필연인지 몰라도 태하의 몸이 최적화되면서 아버지 김명화와 체격이 정확하게 일치하게 되었다.

거기에 아버지의 외모를 무척이나 닮은 태하는 모르는 사람이 보면 젊은 시절의 김명화라고 착각할 수도 있을 정도였다.

태하는 브라질리언 유술인 주짓수를 배운 남궁설휘와 마주하여 섰다.

남궁설휘는 태하에게 90도로 허리를 숙여 인사하였다.

"그럼 한 수 부탁합니다."

"가르침을 받겠습니다."

태하는 정중히 인사를 나눈 후 사성권의 기본자세인 성세를 삽았다.

척!

사성권의 모든 구절은 성세를 기본으로 하기 때문에 술기만을 사용한다고 해도 자세는 같았다.

태하는 성세를 잡고 아주 차분하게 남궁설휘를 바라보았다.

"그럼 시작할까요?"

"그럽시다."

남궁설휘는 무려 30년 동안 주짓수를 갈고닦은 유술 전문

가이자 무공을 연마한 무인이기 때문에 태하를 완벽하게 압도할 것이라고 예상했다.

그런 자신감은 그의 저돌적인 태클로 입증되었다.

쉬익!

남궁설휘의 자세가 아주 낮게 깔려 태하의 오금을 당기기 위하여 쇄도해 들어왔다.

태하의 오금은 그의 팔에 아주 정확하게 걸려 신영이 금세 뒤로 넘어가 버렸다.

부웅!

남궁세가의 남자들은 실소를 흘렸다.

"훗, 사성권의 술기가 아무리 뛰어나다고 해도 제대로 된 무인이 익혀야 힘이 발휘되는 것 아닌가?"

"……."

설아는 불안한 눈으로 태하를 바라보았다.

"…힘들면 언제라도 그만해요!"

"으음, 남자들의 승부에 그런 소리를 하면 쓰나? 너는 가만히 있어."

그녀의 불안한 눈이 태하를 향하고 있는 동안, 남궁세가에게 믿을 수 없는 이변이 일어났다.

휘릭!

태하의 몸이 흑룡구결의 역환을 시전하였다.

역환은 상대방의 몸이 술자의 위에 있을 때 순식간에 위치를 전환시키는 초식이다.

원래 이것은 사성권의 상승무공인 태무신권의 태황현무 구결 중의 하나이다.

아마 태황현무의 구결을 본 사람은 이 세상에 한 명도 없을 테니 그냥 유술이나 레슬링의 브릿지, 스웝 동작이라고 생각할 수도 있다.

그러나 그의 움직임은 마치 호랑이가 공중에서 먹이를 낚아채는 것처럼 발이 바닥에서 떨어진 채로 회전하였다.

콰앙!

"그허익!"

위치에너지가 완전히 반전되었기 때문에 남궁설휘의 몸이 순식간에 바닥에 깔려 버렸다.

상황이 반전된 것은 남궁세가에겐 충격적인 일이었지만 그렇다고 승부가 완전히 끝난 것은 아니었다.

"쳇, 꽤 하시는군요!"

남궁설휘는 태하의 팔을 잡아끌어 두 손으로 바짝 당겨 잡았다.

쩌드드득!

아마 트라이앵글 초크나 암트라이앵글, 가드암바 등을 사용하려는 것 같았다.

하지만 그렇게 만만하게 기술을 내어줄 태하가 아니었다.

그는 남궁설휘가 팔을 잡아당기는 곳으로 중심을 내어주는 척하다가 갑자기 무게중심을 뒤로 확 밀어내었다.

후웅!

남궁설휘의 몸이 반동으로 인해 공중으로 붕 떠오르자, 태하는 그의 양쪽 겨드랑이에 발을 끼우곤 한 바퀴 공중제비를 돌았다.

휘릭, 콰앙!

이 한 방으로 남궁설휘의 어깨가 바닥으로 떨어지면서 가벼운 탈골이 일어났다.

뚜둑!

"끄흐으윽!"

태하는 곧장 그의 혈도를 만져 근육의 길을 찾아냈다. 그런 이후엔 곧바로 어깨를 완벽한 위치로 되돌려 주었다.

우득!

"후우!"

"죄송합니다. 손속을 두기엔 아직 제 실력이 모자랍니다. 선무당이 사람 잡는다고 앞으론 조심하겠습니다."

"…대단하군요. 태무신권이라고 했습니까?"

"예, 그렇습니다. 태무신권의 태황사신 구결입니다."

"초식의 이름이 어떻게 됩니까?"

"나락치기입니다."

"정말 대단하다는 말밖에는……."

처음엔 태하를 무시하던 남궁설휘이지만 그를 인정할 수밖에 없었다. 하지만 다른 형제들은 그렇지 않은 모양이다.

삼남 남궁설찬이 도복으로 갈아입겠다고 선언하였다.

"제가 한번 도전해 보겠습니다. 괜찮으시겠습니까?"

"물론입니다."

처음에 태하를 무시하던 남궁세가의 눈초리가 조금씩 바뀌어가고 있는 중이다.

*　　　　*　　　　*

두 번째로 태하에게 도전한 남궁설찬은 중국 소림에서 정통으로 권을 배운 무인이며 무당의 속가제자로 들어가 내가권을 수련하였기 때문에 신체에 대한 이해가 상당히 뛰어났다.

그는 단순한 무인이 아니고 신체의 내부 장기까지 줄줄이 꿰고 있을 정도로 무술의 전문가라 할 수 있었다.

그런 그에게 유술은 어쩌면 떼려야 뗄 수 없는 존재인지도 모른다.

다른 형제들에 비해서 남궁설찬의 기세는 조금 더 등등하였으나 그 침착함은 거의 최고라고 할 수 있었다.

그는 호랑이가 토끼를 사냥할 때에도 최선을 다하듯 그 어떤 상대에게서도 방심하는 법이 없었다.

남궁설찬은 기존의 유술과는 다른 포즈를 취했다.

척!

그의 포즈는 사람의 멱살을 먼저 쥐기 위한 포지션이 아니고 아무런 사전 동작이 없는 아주 편안한 자세였다.

하지만 막상 틈을 파고들자면 상당히 애매한 것이 사실인데, 벌써부터 허리를 뒤로 살짝 빼고 있어서 스플렉스나 스윕이 가능하였다.

만약 상대방이 저돌적으로 달려든다면 충분히 전세를 역전시킬 수도 있다는 뜻이다.

태하는 그의 자세에서 흥미를 느꼈다.

'역시나 특이한 사람이군. 저렇게 자세를 잡으면 공격하기가 상당히 까다롭겠군.'

그는 성세를 잡곤 곧장 신형을 날렸다.

팟!

아주 빠른 쇄도였으나 그 자세가 낮지는 않아서 하단을 잡아 매치는 용도로는 부적합했다.

그러나 그의 손은 의외로 상대방의 손을 맞잡고 힘 싸움을 해주는 구도로 사용되었다.

남궁설찬은 태하의 힘을 적당히 역이용하며 손을 옆으로

흘려주었다.

스윽.

하지만 태하는 자신의 손이 옆으로 흐름과 동시에 남궁설찬의 겨드랑이로 손을 찔러 넣었다.

이것은 그의 몸통을 아주 단단히 부여잡는 효과가 있었다.

턱!

순간, 남궁설찬이 태하의 멱살을 잡고 몸을 뒤로 눕혔다.

휘릭!

이로써 태하의 몸이 앞으로 살짝 쏠렸고, 남궁설찬은 태하의 팔을 양손으로 잡고 매달리는 형국이 되었다.

이제 그가 사용할 수 있는 유술의 폭이 넓어졌고, 언제라도 포지션을 변경하여 관절기나 조르기를 할 수 있었다.

유술이라는 것이 비단 공격하는 쪽만 유리한 것이 아니고 방어하면서도 충분히 기술을 걸 수 있는 무술이다.

그렇기 때문에 가드를 하고 있는 입장이라도 충분히 관절기를 사용해 싸움을 끝낼 수 있었다.

하지만 태하는 그의 암바나 트라이앵글 초크에 걸려줄 생각이 전혀 없었다.

태하는 그가 잡아끄는 대로 몸을 슬며시 흘려 반동을 주었고, 그와 동시에 다리를 후려 바닥에 등을 대고 누워 버렸다.

쿠웅!

겉으로 보기엔 태하가 실수를 한 것으로 보이지만 그것은 보는 사람들의 착각이었다.

태하는 상대방의 목덜미를 무릎으로 조르면서 바닥을 마구 굴러다니기 시작했다.

꽈드드드득!

"쿨럭!"

태하가 몸을 굴릴 때마다 목이 뒤틀려 기도가 눌렸다가 풀리기를 반복하였고, 이 동작이 계속 반복되어 목뼈가 돌아갈 수 있는 충분한 틈이 생겼다.

태하는 체중을 실어 그의 목뼈를 옆으로 살며시 비틀어 버렸다.

뚜두두둑!

"으윽!"

그는 이쯤에서 대련이 끝났다고 생각하였다.

그러나 평생을 체술만 익힌 남궁설찬이 이대로 패배를 인정할 리가 없었다.

남궁설찬은 찰나의 순간을 이용하여 어깨로 태하의 허벅지를 밀어낸 후 곧바로 포지션을 바꾸어 복합 관절기에서 빠져나왔다.

파밧!

태하는 화들짝 놀라지 않을 수 없었다.

목뼈가 돌아가는 그 찰나의 순간을 캐치하여 조이기에서 풀려났다는 것은 실로 엄청난 순발력을 요구하는 기술이다.

그런 것이 가능할 정도로 고도의 수련을 한 남궁설찬이 대단하게 느껴지는 태하이다.

"대단하십니다."

"그쪽이야말로 귀신이 곡할 노릇이군요. 마치 도깨비와 씨름을 하고 있는 느낌입니다."

"자, 그럼 계속하시지요."

"물론입니다."

이번에 먼저 공격을 건 쪽은 태하가 아니라 남궁설찬이었다.

그는 전력으로 질주하여 길게 미끄러져 태하의 가랑이 사이로 파고들었다.

스르르르륵!

이윽고 그는 가랑이 사이로 들어가 멱살을 틀어쥔 후 복부에 발을 넣어 태하의 몸을 들어 올렸다.

휘릭!

순간, 태하는 자신도 모르는 사이에 몸이 공중으로 붕 뜨는 것을 느꼈다.

태하는 결코 방심해선 안 된다는 것을 절감하였다.

'대단하다. 아무리 내공이 없는 체술 대결이라고 하지만 상

당한 스킬이다. 이 정도 경지는 재능이 없이는 결코 이룰 수 없다.'

그는 정신이 바짝 들어 잠시 느슨하게 풀어둔 긴장의 끈을 당겨 줘었다.

태하는 공중으로 높이 떠오른 자신의 몸을 왼쪽으로 회전시킨 후 공중에서 빠르게 돌면서 오른손으로 남궁설찬의 멱살을 틀어줘었다.

턱!

이제 태하의 힘이 역으로 들어가면서 남궁설찬의 품으로 태하의 몸이 말리듯 들어갔다.

휘리리리리릭!

남궁설찬은 태하의 몸이 재빠르게 들어옴에 따라서 그의 목덜미를 잡아채려 하였다.

그러나 태하는 이미 다음 수를 생각해 두었다.

마치 계란말이를 하듯 남궁설찬의 몸을 끼고 바닥을 한 차례 구른 후 그대로 허리를 한 차례 튕겨 반대로 그의 몸을 공중으로 붕 띄웠다.

부웅!

"…젠장!"

"마지막입니다."

태하는 그의 목덜미를 공중에서 잡고 좌로 몸을 꺾으면서 떨어져 내렸다.

쿠웅!

단 일격에 남궁설찬은 기절해 버렸고, 대련은 태하의 승리로 끝났다.

그는 기절한 남궁설찬을 데리고 무도장 밖으로 나와 기도를 확보하고 도복을 느슨하게 풀어 응급처치를 하였다.

"하아!"

"정신이 좀 드십니까?"

"…내가 졌군요."

"하지만 대단하셨습니다."

"태무신권이라… 역시 존경할 만한 무공이군요."

처음엔 태하를 달갑지 않게 여기던 남궁설찬이지만 이제는 존경의 눈으로 그를 바라보았다.

"나중에 기회가 된다면 다시 한 번 가르침을 얻고 싶습니다. 그때는 정식으로 무공을 배워보고 싶습니다."

"제 동생에게 기별하여 두겠습니다. 그 아이는 태무신권의 오의를 깨달았으니 보다 더 깊은 가르침을 줄 수 있을 겁니다."

"부디 그런 날이 빨리 왔으면 좋겠군요."

이제 두 사람은 체술이라는 공통분모를 통하여 가까워지게 되었다.

＊　　　　＊　　　　＊

　남궁세가의 정원 한복판에 위치한 순환수로는 1급 지하수를 퍼 올린 물인데, 이것이 정원을 한 바퀴 순환하면서 장원 안에 작은 계곡과 숲을 만들어내었다.

　아직 날씨가 제법 쌀쌀하긴 하지만 한창 무도를 즐긴 태하와 남궁세가의 두 청년은 함께 몸을 담갔다.

　첨벙!

　"어푸, 어푸!"

　"정말 시원하군요!"

　"차가운 물이 관절이 상했을 때 좋다고 합니다. 이곳에서 우리 모두 치료를 받고 나가시죠."

　"그럽시다."

　팬티 한 장 덜렁 걸치고 들어온 찬물이지만 세 사람은 그다지 추위를 느끼지 않았다.

　무인들은 내공의 영향으로 찬물에 대한 내성이 있기 때문에 한겨울에 냉수마찰을 해도 건강에 무리가 없었다.

　하지만 아직 내공의 형성이 없는 것으로 콘셉트를 잡은 태하는 달랐다.

　"어라? 김 선생은 괜찮으십니까? 물이 꽤 차가울 텐데?"

"괜찮습니다. 어려서부터 냉수마찰을 자주 해왔습니다. 그리고 태무신권을 익히고 난 후엔 이상하게 추위에 강해지더군요."

"오오, 그것참, 신기합니다. 내공이 없어도 찬물에 강할 수 있다니."

남궁설찬은 헛다리지만 아주 그럴싸한 가설을 제기하였다.

"혹시 선친께서 벌모세수를 해주신 것은 아닐까요?"

"아아, 그럴 수도 있겠군!"

태하는 아버지 김명화가 벌모세수를 해주려 시도한 적이 있는데, 끝까지 죽기 살기로 그것을 피해 다녔다.

아마 아버지의 벌모세수가 있었다면 신선도에서의 생활이 아주 조금은 더 편했을 수도 있을 것이다.

태하는 짐짓 감격스러운 표정을 지었다.

"역시 아버지의 내리사랑은 대단합니다. 제가 이제 나이를 먹고 느끼는군요."

"뭐, 이 세상에 불효자 아닌 사람이 어디 있겠습니까? 다 그런 법이지."

"맞습니다."

어느새 친해진 세 사람은 금세 의기투합하여 자연스럽게 술자리에 대한 제안이 나왔다.

"오늘 술자리는 이곳 정원에서 갖는 것이 어떻겠습니까?"

"오오, 좋군! 김 선생께선 어제도 술을 마셨으니 좀 힘드실까요?"

태하는 고개를 저었다.

"만약 그렇다면 그건 남자도 아니죠."

"하하, 역시 김 씨 일가의 기백이 살아 있군! 이런 사람에게 진 것은 별로 분하지도 않아."

"난 분해. 하지만 나보다 유술이 뛰어난 사람과 술을 마실 수 있는 기회가 어디 그리 흔하겠나? 그리고 이런 좋은 분함은 언젠가 호승심으로 작용하여 나를 더 단련시키는 원동력이 되겠지."

"그래, 맞다. 우리 모두 정진해서 언젠가는 김 선생을 꺾어 보자고."

"기대하고 있겠습니다."

이제 세 사람은 물에서 나가 점심부터 낮술을 마실 차비를 하기로 했다.

"그럼 나가볼까요?"

"예, 형님."

촤락!

물에서 나온 세 사람은 수건을 찾아 정원수로 옆에 있는 정자로 향했다.

그런데 정자에 너무나도 뜻밖의 인물이 서 있었다.

"설아?"

"…허억!"

태하는 화들짝 놀라며 두 남자의 뒤로 황급히 몸을 숨겼다.

남궁설찬이 태하보다 덩치나 키가 아주 약간씩 크기 때문에 충분히 몸을 숨길 수 있었다.

두 남자는 껄껄거리면서 웃었다.

"하하, 어제 서로 만리장성을 쌓았다고 하지 않았나?"

"…그게 아닙니다. 설명하자면 깁니다."

남궁설아 역시 화들짝 놀란 것은 마찬가지였으나 태하의 몸에서 끝까지 눈을 떼지 않았다.

그런 그녀를 바라보는 남궁설찬이 불쾌하다는 듯이 말했다.

"너는 다 큰 오라비의 몸을 뭐 그리 뚫어져라 쳐다보는 것이냐? 어려서 본 것으로는 성에 차지 않은 건가?"

"…왜 그런 말도 안 되는 소리가 나오나요? 저는 오빠가 아니라 태하 씨의……."

"뭐?"

그녀는 자신도 모르게 진심이 나오는 바람에 황급히 뒷걸음질을 쳤다.

"…이따가 다시 올게요!"

"하하, 저 녀석도 여자는 여자인 모양이야."

"당연하지. 나이가 서른이 훌쩍 넘었는데."

남궁설휘와 설찬은 태하의 어깨를 두드리며 말했다.

"비록 결혼이 늦은 나이이긴 해도 남자 손을 거의 타지 않았으니 아마 김 선생이 첫사랑이나 마찬가지일 겁니다. 잘 대해주십시오."

"예, 형님."

태하는 그녀에게 자신의 반나체를 보여주긴 했지만 남궁설아의 새로운 모습을 본 것 같아서 기분이 아주 나쁘지는 않았다.

그리고 남자의 나체를 좀 보여준다고 해서 닳는 것도 아니니 못 보여줄 것도 없었다.

다만 일방적으로(?) 보여준다는 것이 좀 억울할 뿐이다.

"쩝."

"왜 그러십니까? 뭔가 아쉬운 것이라도……?"

"아, 아닙니다. 술이 고파서 그렇습니다."

"하하, 그럴 줄 알았습니다. 자, 다들 한잔 걸치러 갑시다."

"그러시지요."

세 사람은 물기를 대충 말린 후 각자의 숙소로 향했다.

*　　　*　　　*

몸의 물기를 말린 태하가 어쩔 수 없이 도착한 곳은 남궁설
아의 방이었다.

"…난감하군."

지금도 아랫도리만 수건으로 가린 처지라서 상체는 고스란
히 노출되어 있는 상태였다.

물론 남자가 상체 정도 탈의하는 것이 무슨 대수이겠느냐
만 어쩐지 어색한 상황이 연출될 것 같아서 두려운 태하였다.

그래도 두 사람과의 약속을 깰 수는 없는 노릇이다.

태하는 용기를 내서 문을 두드렸다.

똑똑.

"저, 설아 씨?"

"네, 김세민요!"

그의 목소리를 들은 설아가 안에서 뭔가 부산스럽게 움직
이는 소리가 들리더니 이내 아주 가벼운 차림으로 문을 열었
다.

끼익.

문을 연 설아는 태하의 몸을 보곤 자신도 모르게 눈을 돌
렸다.

"어, 어머!"

"미안합니다. 수건이 한 장밖에 없어서……."

"아, 아니에요. 괜찮아요. 오히려 제가 고맙죠."

"······?"

"크, 크흠! 일단 들어와요."

태하가 방으로 들어서자 그녀는 미리 준비해 놓은 속옷과 평상복을 건넸다.

"비서실에서 준비한 옷이에요. 새 옷이라서 섬유 유연제 냄새는 없을 텐데 그냥 입어주세요."

"괜찮습니다. 새 옷 냄새도 나쁘지는 않죠."

그는 화장실로 들어가 속옷을 벗고 그녀가 건넨 옷으로 갈아입었다.

그러는 동안 설아가 조금 떨리는 목소리로 말했다.

"아까 있잖아요."

"아까요?"

"대련을 하는데··· 조금 놀랐어요. 저는 태하 씨가 공부만 한 줄 알았거든요."

"아아, 별것 아닙니다. 그냥 동네 아이들에게 괴롭힘을 당할까 봐 배운 것입니다. 큰 의미는 없어요."

"그래도 대단해요. 전 세계 이종격투기 챔피언도 두 오빠에게 유술을 배우기 위해 찾아오는데 그런 사람들을 단 몇 수만에 격파하다니요."

태하는 그녀의 칭찬에 너스레를 떨었다.

"아닙니다. 그 짧은 순간에도 저는 얼마나 긴장했는데요."

"그렇지만 대단한 것은 대단한 것이지요."

잠시 후, 태하가 옷을 다 갈아입고 나오자 그녀가 약간 붉어진 얼굴로 그를 바라보았다.

"…솔직히 멋있었어요."

"그, 그랬습니까?"

설아는 태하의 손을 잡아 이끌었다.

"가요."

"어디를요?"

"술을 마신다면서요? 저도 좀 끼워줘요."

"숙취는 괜찮습니까?"

"저도 초급이긴 하지만 무공을 익혔어요. 반나절이면 숙취를 해결할 정도는 데요."

태하는 미소를 지었다.

"그럼 갑시다."

"네!"

두 사람은 손을 꼭 잡고 정원으로 향했다.

제7장
섭외

다소 이른 오후임에도 불구하고 남궁세가의 차남과 삼남이 술자리를 마련해 태하와 설아를 초대하였다.

　물론 설아는 초대된 사람이 아니었지만 그녀의 의지로 참석하게 되었다.

　태하는 어제 술을 마신 사람인가 싶을 정도로 남궁세가 형제의 컨디션을 따라갔다.

　꿀꺽꿀꺽!

　"크흐, 좋다!"

　"…무슨 백주를 사발로 마셔요? 그러다 속 다 버리겠어요."

"괜찮아. 무인들은 원래 이렇게 마신다."

도수가 상당히 높은 백주를 사발로 마시는 것은 대낮부터 인사불성이 되겠다는 뜻이었으나 이 넓은 정원에서 주정을 부린다고 해서 뭐라 할 사람은 아무도 없었다.

남궁설휘와 설찬은 태하에게 술을 마구 부어주며 외쳤다.

"자자, 한잔 더 마시자고요!"

"좋지요!"

설아는 무식하게 술을 들이켜는 태하의 옆구리를 쿡쿡 찔렀다.

"…적당히 마셔도 돼요. 이 오빠들은 원래 술주정뱅이라서 술을 물인 줄 알고 마신다고요."

"다 들려, 이놈아."

"들으라고 하는 소리예요."

태하는 쓴웃음을 지었다.

"괜찮습니다. 나도 술이라면 어디 가서 안 지는 사람이니."

"오오, 좋은 자세야! 봐, 이런 자세야말로 진정한 무인의 자세란 말이지!"

"그나저나 나는 당신과 같은 사람이 왜 무인이 안 되고 의사가 되었는지 궁금하군요."

태하는 아주 예전에 자신이 느낀 감정에 대해 솔직히 털어놓았다.

"의사는 생명을 살리는 사람입니다. 비록 무인이 인류를 위해서 살생을 한다고 해도 결국은 생명을 앗아가는 일이라 생각했습니다. 그래서 저는 생명을 살리는 쪽으로 공부를 해야겠다고 결심한 것이죠."

"집안에서 반대가 심했을 텐데?"

"그것도 아닙니다. 부모님께선 굳이 제가 후계를 잇지 않아도 된다고 말씀하셨습니다. 뭐, 두 분의 교육 방침이 거의 방목이나 다름없었기 때문에 가능한 일이도 했지만 말입니다."

"하하, 그것도 김명화 대협쯤 되는 그릇이니 가능한 겁니다. 만약 우리처럼 고지식한 집안의 아들이었으면 어림도 없는 얘기지요. 하다못해 정치인이나 군인도 아니고 의사라니, 아마 난리가 났을 겁니다."

"하지만 아버지의 그릇이 너무 크다 보니 제가 평생 외로웠습니다. 형제도 없이 말이죠. 그나마 사촌 동생들과 친하게 지냈습니다만, 일본에 사는 아이들이라 자주 만날 수가 없었지요. 그래서 형제들이 많은 남궁세가가 너무 부럽습니다."

"뭐, 가지 많은 나무에 바람 잘 날 없다고 항상 시끄럽습니다. 장가를 오면 자연스럽게 알게 되겠지요."

태하는 츠바사가 있긴 하지만 어려서부터 친형제가 있었으면 좋겠다고 생각해 왔다.

이것은 모든 외동이 느끼는 것이겠지만 특히나 태하는 형제에 대한 갈망이 컸다.

"보통은 형제가 없는 사람들이 자식을 많이 낳는다고 하던데, 김 선생도 그렇습니까?"

"저는 아내가 허락하는 한 계속 낳을 겁니다. 자식들로 축구 구단을 만드는 것이 꿈이지요."

"하하, 포부가 대단하군. 어때? 이런 남자가 네 신랑이 될 것이라는데?"

설아는 아연실색하기보다는 부끄러워서 고개를 푹 숙였다.

"…거참, 아저씨들 얘기하는 자리에 아가씨가 끼어 있기 참 힘드네."

"하하, 네가 무슨 아가씨냐?"

"그럼 아저씨일까요?"

남궁세가의 남자들이 무뚝뚝하긴 하지만 동생을 아주 아끼지 않는 것은 아니었다.

태하는 그런 관계가 참으로 부러웠다.

"뭐, 아무튼 간에 앞으로는 우리 집안 사람이 될 것이니 형제들은 걱정하지 마십시오. 아 참, 그러고 보니 여동생도 생기겠네."

"여동생이요?"

"우리 집에 딸이 하나 더 있거든요. 비록 망나니이긴 하지만 천성이 그리 나쁜 아이는 아니야."

두 사람은 말이 나온 김에 그녀를 술자리로 부르기로 했다.

"그러고 보니 어제 상견례에서도 그 아이를 못 보았으니 오늘 보면 되겠군. 어때요? 처제가 될 사람과 술자리를 하는 것이?"

태하는 흔쾌히 고개를 끄덕였다.

"좋습니다. 사람이 많으면 좋지요."

"알겠습니다. 잠시만 기다리세요."

두 형제는 여동생을 소개시키는 것에 즐거움을 느끼고 있었으나 남궁설아는 조금 불안한 기색을 보였다.

"으음, 지금 당장 보는 것은 그리 좋은 선택이 아닌 것 같은데……."

"무슨 문제라도 있습니까?"

"한창 예민한 때라서 말이에요."

"괜찮습니다. 설마 때리기야 하겠어요?"

"차라리 그럼 다행인데……."

그녀는 불안한 기색이 역력했으나 태하는 대수롭지 않게 그것을 넘겼다.

*　　　*　　　*

대략 10분 후, 남궁설아의 동생 설희가 술자리를 찾아왔다.

남궁설희는 태하를 보자마자 아주 까칠하게 인사를 건넸다.

"아저씨가 우리 언니 남친?"

"남친은 아니고 정혼자입니다."

"뭐, 그게 그거지."

그녀는 꽤나 수려한 미모를 가지고 있었으나 남궁설아와는 다른 매력이 있었다.

아주 육감적이고 뇌쇄적인 느낌에 도발적인 눈빛까지, 만약 남자를 꾀어 간을 빼먹는 구미호가 있다면 딱 이런 인상일 것이다.

남궁설희는 태하가 별로 마음에 안 드는 모양이다.

"의사라고요?"

"네, 그렇습니다."

"우리 집안에 의사는 잘 안 맞는데? 그 집안에서도 우리 집안의 돈이 필요한가 보죠? 급한 대로 의사를 들이대고 말이에요."

설아는 설희의 말버릇을 지적하였다.

"설희야, 아무리 그래도 네 형부가 될 사람에게 말버릇이 그게 뭐야?"

"오호, 남편감이라고 벌써 편드는 거야? 대단한데?"

"…그런 것 아니야. 네 태도가 너무 오만방자해서 그런 것이지."

"내가 오만방자하든 말든 언니가 무슨 상관인데?"

날이 바짝 선 설희는 태하에게 술을 한잔 권했다.

"한잔 쭉 마셔요."

"고맙습니다."

쪼르르.

그녀는 태하의 잔을 채워주었으나, 그 잔이 넘쳐서 바닥에 흐를 때까지 병을 내려놓지 않았다.

"많이 마셔요. 몸에 좋은 술이잖아요?"

"설희야!"

"왜? 정이 넘치는 것뿐인데?"

이윽고 그녀가 자리를 박차고 일어섰다.

"…쳇, 부담스러워서 술도 못 마시겠네. 난 이만 일어날게. 영 불편해서 못 마시겠어."

그녀가 돌아서자 설아가 동생을 따라갔다.

결국 바지가 다 젖은 태하에게 두 형제가 어색한 투로 말했다.

"…미안합니다. 저렇게까지 까칠한 아이가 아닌데 말입니다."

"뭔가 기분이 안 좋은 일이 있었나 봐요."

"괜찮습니다."

태하는 그녀가 은근히 신경 쓰였다.

설아는 자리를 박차고 나간 동생을 따라서 정원 끝까지 나갔다.

"설희야!"

"…왜 자꾸 따라와?!"

그녀는 자꾸만 도망가는 설희의 손목을 낚아챘다.

턱!

그러자 그녀가 그 자리에 우뚝 멈추어 섰다.

"뭐야? 왜 자꾸 따라와?"

"너야말로 왜 그러는 건데? 네가 그렇게 가버리면 태하 씨가 얼마나 난처하겠어?"

설희는 미간에 깊은 골을 만들어냈다.

"…얼씨구? 이제는 남자 편까지 드네? 출가외인이라 이건가?"

"그런 말이 아니잖아. 나는 사람 대 사람으로서의 예의에 대해서 말하고 있는 거야."

"언니가 언제부터 그렇게 남자에게 잘해주었다고 그래? 원래 언니는 남자에 별 관심도 없었잖아?"

"…이번엔 달라. 결혼할 상대니까."

"그거야 정략혼에 묶인 것이니까 잘해줄 필요 없는 것 아니야? 어차피 저놈도 우리 집안 돈을 보고 쫓아온 것일 텐데 잘 해줘 봐야 무슨 소용이 있어?"

"아니야. 저 사람은 다른 남자들과는 달라. 무인 집안에서 자라난 품위와 의리가 있어. 정도를 지킬 줄 아는 남자라고."

"뒤로 호박씨를 까는지 언니가 어떻게 알아?"

"태하 씨는 절대로 그럴 남자가 아니야. 그건 내가 가장 잘 알아."

"언니가 사람에 대해서 뭘 알아? 열 길 물속은 알아도 한 길 사람 속은 모른다고 했어."

설아는 설희가 왜 이렇게까지 태하를 싫어하는지 어렴풋이 알고 있었다.

"설희야, 아무리 우리가 각별한 자매라고 해도 결혼까지 어쩔 수는 없어."

"……"

"그나마 우리가 가깝게 지낼 수 있는 길은 너와 내 남편이 친하게 지내는 거야. 그 이외엔 그 어떤 것도 기대할 수가 없다고."

"…그게 우리 자매가 헤어지는 것이 아니고 뭐야?"

"아니야. 우리 가족이 조금 더 단단해지는 계기가 되는 거야. 이 세상에 우리 편이 한 명 더 생기는 거라고."

"그래도 그 사람은 남이야. 남이 우리 편이 될 수 있을 것 같아?"

설아는 고개를 가로저었다.

"아니야. 될 수 있어."

"…무슨 환상에 빠져서 살고 있는 건지는 몰라도 일찍 꿈을 깨는 것이 좋아."

"설희야, 네가 뭘 걱정하는지 나도 잘 알아. 하지만 네가 걱정하는 일은 일어나지 않아."

"……"

"아무튼 오늘은 분위기가 좀 이상하니까 나중에 기회가 되면 정식으로 자리를 마련해서 오해를 풀어줄게. 아마 이 사건이 아버지의 귀에 들어가게 된다면 난리가 날 거야. 그러니 그전에 사태를 해결해야 할 것 같아."

"…괜찮아. 이런 집안쯤 없어도 잘살 수 있으니까."

설아는 착잡한 눈으로 설희를 바라보았다.

* * *

남궁 정원의 술자리가 꽤나 길어지고 있다.

두 형제는 방금 전 설희의 행동이 정당하지는 않지만 분명 이유는 있다고 설명했다.

"우리 남궁세가는 가계도가 상당히 복잡합니다. 이를테면 우리 두 형제는 친 혈육이지만 장남과 사남, 오남 등은 이복형제입니다. 또 다른 자식들 역시 이곳저곳에서 낳아온 이복형제들이고요."

"그럼 저 두 자매는 두 형님과 이복 남매간입니까?"

"그렇지요. 비록 어려서부터 같이 자라긴 했지만 어머니가 다른 것은 엄연한 사실입니다. 평생 동안 이유도 모른 채 차별을 받다가 최근에 이 사실을 알게 된 두 자매이니 집안에 대한 배신감이 대단할 것입니다. 그나마 설아가 차분하고 진중한 성격이라서 어머니가 달라도 성씨가 같으니 우리를 형제라고 인정한 겁니다."

"흠……."

"하지만 확실히 설희는 다릅니다. 설희는 집안의 금지옥엽이지만 항상 막내라서 그에 대한 한계를 지니고 살았습니다. 사회적인 진출도 늦었고 학업 이외의 생활에 무척이나 제약이 많았죠. 더군다나 집안 어른들의 차별을 받으면서 자랐으니 그 배신감이 더하겠지요."

두 형제는 어쩌면 그녀에게 진실은 필요 없는 사치였다고 생각했다.

"만약 아버지가 우리 형제들이 어떻게 태어났는지 출생의 비밀을 밝히지 않았다면 설희는 지금까지 그럭저럭 행복했을 겁니다. 지금은 저렇게 엇나갔지만 원래 아주 밝고 명량한 아이였거든요."

"안타깝군요. 때론 모르는 것이 약인데."

"그래도 우리 모두가 한 아버지의 핏줄에서 나온 것이니 형제가 아니라는 소리는 아닙니다. 그나마 그 사실이 저 아이를 남궁 정원에 붙잡아두고 있는 것이죠."

두 형제는 앞으로 막내에 대한 처사에 각별히 신경 써달라는 당부를 전했다.

"겉으론 저렇게 보여도 아주 여린 아이입니다. 김 선생께서 잘 보듬어서 친동생처럼 아껴주십시오."

"제가 외아들로 자라서 형제의 정을 잘 모릅니다만, 처제와 힘께 이울러 살면서 차근차근 배워보겠습니다."

"그래요. 원래 인생은 끝도 없는 학습의 반복이라고 했습니다. 그러니 야간이 시스터콤플렉스가 있더라도 이해해 주십시오."

"물론입니다."

이 세상에는 수많은 콤플렉스와 증후군이 있지만 형제가 형제에게 집착하는 일은 생각보다 흔한 일이다.

물론 나이를 먹으면서 그 증상이 완화되긴 하지만 그렇지 않은 경우도 있었다.

특히나 남궁세가 두 자매처럼 특별하고 힘든 상황일수록 서로에 대한 애정이 끈끈해서 남이 비집고 들어올 틈이 없다.

그나마 설아가 언니로서 먼저 세상에 나갔으니 망정이지, 만약 그녀까지 자매의 울타리 안에 갇혀 있었다면 상황은 더 안 좋았을지도 모른다.

"여하튼 선생처럼 인성 좋은 사위가 우리 집안에 들어왔으니 앞으로 든든하겠군요."

"과찬이십니다."

"한 잔 더 받으세요."

"예, 형님."

이제 태하는 적어도 두 명의 편을 만들어놓은 셈이다.

태하는 술을 한 잔 마신 후 두 사람에게 자신이 구해놓은 정보에 대한 것을 슬쩍 흘렸다.

"저, 형님들, 제가 드릴 말씀이 좀 있습니다."

"말씀하시지요."

"혹시 청야성에 대해 들어보신 적이 있습니까?"

"청야성?"

"그러니까……."

그가 자신이 아는 청야성에 대한 정보를 일부 풀어놓자 두 형제는 그제야 청야성에 대한 존재에 대해 상기시켜 냈다.

"들어본 적이 있습니다."

"전 세계 각 국가와 문파에 끄나풀과 비선 실세들이 숨어 있다는 소리를 들어본 것 같군요. 하지만 그들에 대한 정보가 부족해서 그저 야담으로만 떠도는 줄 알았습니다."

"아닙니다. 그에 대한 실체가 밝혀졌습니다. 그놈들 덕분에 저희 외가나 마찬가지인 명화방이 풍비박산 났지요. 더군다나 사성회의 부회장까지 놈들의 끄나풀이라는 것이 밝혀지면서 파장은 점점 더 커지는 실정입니다."

"흠, 한국에서 벌어진 그 대단한 싸움이 전부 청야성 때문이었던 것이로군요?"

"그렇습니다. 그놈들 때문에 제 친구인 조가괴협도 목숨을 걸고 당문을 쳐부순 겁니다. 지금은 청야성의 끄나풀이던 무당파의 후기지수를 처리하고 남미의 몬스터 산업의 밸런스를 조절해 주는 중이지요. 제 동생 역시 그들에 대한 진실을 밝히느라 명문정파들과 1 대 다수의 대결을 벌였지요. 만약 동생이 비슷한 기를 배우지 못했다면 지금쯤 우리 가문의 남자는 진짜 저 하나뿐일 겁니다."

두 형제는 청야성의 정체에 대해서 알아냈다고 해도 그들의 끄나풀이 문제라고 말했다.

"놈들의 끄나풀이 도처에 널려 있는데 정체에 대해 알아내도 적절한 조치를 취할 수 있겠습니까?"

"그러니까 우리가 놈들의 끄나풀을 일망타진할 수 있는 방법에 대해 강구해야지요."

"방법이 있겠습니까?"

"만약 두 형님께서 허락해 주신다면 이곳으로 하오문의 부문주인 제 사촌 동생을 데리고 와서 말씀드리겠습니다."

"…하오문!"

"극비 사안이라서 원래는 하오문의 문주나 부문주에 대한 정체를 알면 개방과 함께 해당 인물을 제거하는 것이 원칙입니다. 하지만 이번 경우엔 두 분께서 함께 위험을 감수하시는 것으로 알고 만남을 갖는 겁니다."

"으음, 생각보다 덩어리가 큰 사건이로군요?"

"만약 제가 주제넘게 두 형님께 폐를 끼친 것이라면 지금 이 발언은 잊어주십시오."

두 사람은 고개를 저었다.

"아닙니다. 정의를 위해서 일하는 사람인데, 한배를 탄다면 오히려 잘된 일이지요."

"맞습니다. 저희는 환영입니다."

태하는 고개를 끄덕였다.

"그럼 오늘 자정에 그를 이곳으로 부르겠습니다."

"좋지요."

두 형제는 술자리를 조금 더 은밀한 곳으로 옮기기로 했다.

"우리 형제만이 아는 이 집의 아지트가 있습니다. 그곳으로 가시죠."

"예, 형님들."

태하는 두 사람을 따라서 장원의 외곽에 위치한 동산으로 향했다.

*　　　*　　　*

장원의 동산은 그 규모가 동네 뒷산 수준이 아니라 지역에 있는 작은 산맥에 달할 정도였다.

남궁설휘 형제는 이곳에 아지트를 만들어두었는데, 인적이 워낙 드문 데다 대나무가 우거져 있어서 위성에도 잡히지 않았다.

두 사람의 아지트가 위치한 동굴로 츠바사가 도착하였다.

휘릭, 팟!

어둠을 뚫고 공중에서 뚝 떨어진 츠바사를 바라보며 두 형제가 헛숨을 들이켰다.

"고, 공중에서 사람이⋯⋯."

"반갑습니다. 하오문의 부문주 츠바사 모리시타입니다."

"남궁설휘, 설찬 형제입니다."

번갈아가면서 악수를 한 두 사람은 태하에게서 앞선 정황에 대해서 전해 들었음을 밝혔다.

"김 선생께서 대략적인 상황에 대해서 설명하셨습니다. 부문주께서 그놈들을 일망타진할 수 있는 방법에 대해서 아신다 하던데, 어떤 것입니까?"

"제가 설명하려던 것은 이미 다 선행되었으니 간략하게 말씀드리겠습니다."

츠바사는 두 사람에게 하오문의 자금을 출자하여 만든 생명공학기업의 등기를 건넸다.

"이건 청야성에게서 빼돌린 줄기세포 이식 기술을 올바른 곳에 쓰일 수 있도록 해줄 회사입니다. 지금 투자를 하게 되면 추후에 엄청난 이득을 볼 테지만 저희는 이것을 유엔에 기부할 예정입니다."

"기부요?"

"유엔의 자선단체를 통하여 전 세계 모든 국가의 원조를 받고 일부의 자금을 출자하여 소외 계층에게 줄기세포 이식을 해주는 것이지요."

"으음, 취지가 좋군요."

"그런데 이 계획을 성사시키자면 엄청난 인맥이 필요합니다. 정보력은 우리 하오문이나 동맹인 개방에서 충분히 커버가 가능합니다만, 그 인맥을 한자리에 모으는 것이 쉽지 않습니다. 그들을 한자리에 모아서 뜻을 전할 수 있다면 끄나풀을 제거할 수 있을 겁니다."

"아아, 그렇군요. 겉보기엔 인류의 발전에 기여하는 모금 활동으로 보이지만 사실은 끄나풀을 제거하기 위한 계산까지 숨어 있는 것이군요."

"예, 그렇습니다. 이 모든 것을 가능하게 하자면 적어도 남궁세가 정도 되는 집단에서 모금 행사를 개최하고 사성회와 명화방까지 나서서 힘을 보태야 합니다. 지금 사성회의 총괄이사로 있는 제 사촌이 이미 무인 세력 절반가량을 이겼으니 그에 대한 인연이 깊습니다. 또한 조가괴협까지 가세한다면 모두가 궁금해서라도 모여들겠지요. 남궁세가는 그 대대적인 밑그림을 그려주고 스폰서가 되어주시면 됩니다. 정계 인사들에 대한 인맥도 동원해 주시면 좋고요."

두 형제는 츠바사의 계획에 동의하였다.

"그보다 더 좋은 방법은 있을 수 없겠군요."

"하지만 문제는 남궁세가에도 끄나풀이 있어서 회장님께서 어떻게 생각하실지 모르겠습니다. 그에 대한 믿음이 크고 깊다면 충격도 이만저만이 아닐 텐데요."

"끄나풀의 정체에 대해 알고 계신다고 하셨지요?"

"예, 그렇습니다."

츠바사가 보여준 프로필은 가히 충격적이라고 할 수 있었다.

"허억!"

"…이건 쉽지 않은 일이겠는데?"

"어때요? 회장님을 설득하실 수 있겠습니까?"

"글쎄요. 지금 당장 아버지를 설득하는 것은 쉽지 않을 테니 일단 모금 행사를 연 후에 작전이 성사되면 그때 말씀드리는 것이 어떻겠습니까?"

"으음, 아무래도 그게 좋겠습니다."

츠바사는 뜻이 모아졌으니 이제 슬슬 본격적으로 움직여 보기로 했다.

"이미 개방의 임시 방주께서 제자들을 모아 세력을 응집시키고 있으니 일만 성사되면 동시에 타격이 들어갈 겁니다."

"이번 일에 개방이 동원되는 겁니까?"

"같은 사문의 제자들이 끄나풀을 잡아서 족치면 좋겠습니다만, 그렇게 되면 세력이 또 갈릴 수가 있으니 개방이 나서는 편이 낫습니다."

"그래요, 그건 그렇겠군요."

두 형제는 개방이 남궁세가만은 피해줄 수 있도록 부탁하였다.

"한 가지 부탁이 있습니다. 우리 남성그룹의 끄나풀은 우리가 알아서 할 수 있도록 배려해 주십시오."

"뜻대로 하십시오. 저희들은 괜찮습니다."

"그래요."

두 형제의 표정은 상당히 어두웠으나 그 의지만큼은 결연에 가득 차 있었다.

＊　　　　＊　　　　＊

다음 날, 오늘도 여전히 태하는 남궁 정원에 머물고 있었다.

오늘은 남궁세가의 대가족이 호화 요트를 타고 선상 낚시를 하는 날이라서 형제들이 모두 바다로 향했다.

태하는 그 자리에 예비 사위로서 참석하여 친분을 만들기로 했다.

남궁설휘 형제는 예비 사위라면 가족의 선상 낚시에 함께 출조하는 것이 당연하다고 주장하였고, 남궁천영은 그 주장에 힘을 더하였다.

안 그래도 태하를 어떻게 낚시에 데리고 가야 하나 고민하고 있던 남궁천영은 아들들 덕분에 예비 사위를 바다로 데리고 갈 수 있게 되었다며 좋아했다.

촤락, 촤락!

바람이 아주 적당히 불어서 파도도 좋고 날씨도 화창해서 오늘은 상당한 조과를 기대해도 될 것 같았다.

태하는 먼 바다에서 선상 낚시를 해보는 것이 처음이라서 미끼를 고르는 것부터 난관이었다.

남궁천영은 태하에게 자신의 낚싯대를 기꺼이 내어주고 미끼를 고르는 법을 가르쳐 주었다.

그는 대형 어종에 어울리는 낚싯대 두 개와 작은 낚싯대 한 개를 나란히 놓고 그에 알맞은 채비를 갖추어주었다.

남궁천영이 태하에게 해준 채비는 참치 두 개, 농어목 하나였다.

그는 낚싯대를 던졌다가 다시 감고 다시 던지는 캐스팅에 대하여 설명하였다.

"가볍게 스냅으로 던졌다가 적당한 타이밍을 봐서 릴을 감아주면 되네. 공격성이 강한 놈들은 이렇게 역동적인 동작을 좋아해서 아마 입질이 있을 걸세."

"예, 감사합니다."

남궁천영은 태하의 곁에 앉아서 같이 릴을 감았다가 풀면서 캐스팅을 하였다.

그는 태하에게 남궁세가에 대한 느낌을 물었다.

"우리 집안이 전체적으로 어떤 것 같은가?"

"형제들 간의 우애가 좋더군요. 남자 대 남자로 포부를 열고 뜻이 통하면 금세 친해질 수 있겠다는 것을 느꼈습니다."

"하하, 그랬는가?"

태하는 남궁천영과 낚시 의자에 앉아 한참 참치의 입질을 기다리고 있다가 자선 모금 행사에 대한 얘기를 꺼냈다.

"어르신, 드릴 말씀이 있습니다."

"뭔가?"

"사실은 제가 유엔에 기부하기 위한 바이오테크놀로지 회사를 하나 설립했습니다."

"기부? 유엔 산하의 복지 재단에 기부를 한다는 것인가?"

"예, 그렇습니다."

"흠, 참 좋은 일이로군."

그는 태하의 말에 관심을 갖기 시작하였다.

"그래, 무엇을 기부하고자 하는가?"

"전 세계 모든 장애인을 위한 바이오테크놀로지를 기부할 생각입니다."

"으음, 그런 방안이 있겠나?"

태하는 지금까지 자신이 보유하고 있는 기술력의 일부를 발췌하여 준비해 둔 서류를 그에게 건넸다.

"사업 기획안입니다. 아직까지 완벽한 기술은 아닙니다만 곧 완성될 예정입니다."

"줄기세포 이식이라… 하지만 정말로 이 이론이 힘을 받을까?"

"이미 임상 시험은 진행했습니다. 결과는 성공적이긴 했습니다만, 여러 가지 부작용이 있습니다. 그래서 그것만 잡아낸다면 충분히 좋은 결과를 얻을 수 있을 것이라 생각합니다."

남궁천영은 원래 남성그룹의 자금 중 3% 정도를 사회에 환원하는 사업을 펼치고 있었는데, 그 자본금은 대부분 결식아동을 돕는 데 사용되고 있었다.

버는 만큼 사회에 환원하는 것이 옳은 일이라고 생각하는 남궁천영으로선 태하의 말이 아주 기특하게 여겨졌다.

"자네 참 마음에 드는 청년이로군."

"감사합니다."

"만약 자네의 기부가 의미를 더하고자 한다면 기부 형식의 투자금 모금 행사가 진행되면 좋겠군."

"예, 그렇습니다. 굳이 돈 때문이 아니더라도 이런 기술력을 우리가 보유하고 있으며 이것을 불우 이웃이나 장애우들에게 사용할 수 있다는 것을 알리는 것이 중요하다고 생각합니다."

"그렇다면 내가 자네의 배경이 되어주겠네."

"정말이십니까?!"

"하하, 물론이지. 좋은 일을 한다는데 이 정도는 밀어줘야지. 좋은 일도 하면서 동시에 우리 두 집안의 결합을 알리는 장이 되어도 좋을 것이고."

"예, 어르신."

"좋아, 그럼 빠른 시일 내에 모금 행사를 기획하여 우리가 닿는 선에 있는 모든 인사를 불러내겠네. 이 정도면 사업이 성공적으로 끝날 수 있겠지?"

"물론입니다!"

남궁천영은 워낙 오래 사업을 해서 한마디만 들어도 그가 무엇을 원하는지 대략적으로 파악이 가능했다.

그는 대견스러운 눈동자로 태하를 바라보았다.

"솔직히 자네에 대한 기대가 그리 크지 않았네만, 이제 보니 우리가 아주 대물을 건졌군그래."

"과찬이십니다."

"자네에 대한 기대가 크네. 앞으로 우리 양가를 위해서 물심양면으로 열심히 일해주게."

"예, 어르신."

시작이 반이라는 말이 있듯이 가장 큰 문제가 해결되었다.

제8장

좋은 진행

서울의 한 대학가 앞, PC방 행렬이 줄을 이어 서 있다.

태하는 그런 대학가의 PC방 앞에 서서 설아를 기다리는 중
이다.

모금 행사가 진행되는 기간은 대략 일주일 내외, 그동안 태
하는 막간을 이용해 설아와 데이트를 즐기기로 한 것이다.

"오늘 따라 좀 늦는데?"

약속 시간을 목숨처럼 여기던 설아가 늦으니 약간은 초조
한 생각도 드는 태하이다.

하지만 설아가 막상 태하의 앞에 나타났을 때엔 왜 늦었는

지 너무나도 금세 티가 났다.

그녀는 커다란 백팩을 메고 어깨에는 도시락 가방을 양쪽으로 들쳐 멘 채로 태하의 앞에 나타났다.

"태하 씨!"

"설아 씨? 뭘 그렇게 바리바리 싸들고 왔어요?"

"그냥 좀 짐이 많이 필요할 것 같아서요."

태하는 실소를 흘렸다.

"참 나, 내가 이런 사람에게 무슨 의구심을 품었던 거지?"

"의구심이요?"

"저는 설아 씨가 약속을 잊은 것은 아닌가 하고 생각했습니다. 결국 제가 어리석었네요."

"그렇게까지 생각하실 필요는 없어요."

그는 설아의 가방을 받아 자신의 두 번째 애마인 초대형 SUV에 실었다.

배기량이 무려 5000cc에 이르는 이 SUV는 장갑차를 개량한 차종으로, 작은 보트는 물론이고 이동식 주택까지 끌고 갈 수 있을 정도로 힘이 좋았다.

태하는 차량에 가방을 실어놓고 도시락만 들고 PC방 거리로 향했다.

"갑시다."

"좋아요!"

두 사람이 이렇게 도시락까지 싸들고 PC방으로 가는 이유는 지금까지 두 사람이 해보지 못한 것을 해보기 위함이었다.

어려서부터 게임을 할 시간은 고사하고 친구들과 구슬치기할 시간도 없던 태하이기 때문에 PC방은 꿈도 꿔본 적이 없었다.

학창 시절에 한창 PC방 열풍이 불었던 태하는 친구들이 게임 얘기를 할 때 두 귀를 막고 학습지 문제 하나라도 더 풀기 위해 열중했다.

설아 역시 공부와 이른 신부 수업을 함께 받은 터라 지금까지 마음 터놓을 친구 한 명 만들지 못했다.

한마디로 두 사람은 잃어버린 서로의 학창 시절을 되살리기 위하여 이따금 해보지 못한 새로운 것을 창조하고 다니는 것이다.

각자가 가장 편하게 생각하는 트레이닝복에 슬리퍼를 질질 끌고 온 두 사람이다.

짜악, 짜악.

설아는 자신도 모르게 슬그머니 미소를 지었다.

"헤헤, 이런 느낌이구나."

"뭐가요?"

"가끔 스치듯 보는 게임 폐인들의 모습을 보면 왜 저렇게 껄렁껄렁하게 걸어 다닐까 싶었거든요. 그런데 막상 슬리퍼를 신어보니 그 느낌을 얼추 알 것도 같아요."

"하하, 그런가요?"

두 사람은 일부러 게임 폐인의 느낌을 내기 위해서 한껏 힘을 주었으나 어쩐지 중년 부부가 억지로 자식들 문화를 체험하려는 모습 같았다.

이 두 사람은 요즘 게임방에서 식사는 물론이요 각종 요리까지 판다는 것은 아예 상상조차 못 하고 있었다.

그 탓에 PC방에 들어서자마자 아르바이트생의 제지를 받았다.

"외부 음식물은 반입 금지입니다."

"네? 그럼 어떻게 취식을……."

아르바이트생은 두 사람에게 꽤 두꺼운 메뉴판을 건넸다.

"이렇게 취식을 하죠."

"아아!"

"인지하셨으면 그 가방을 놓고 오시든지 나가지든지 결정하시죠."

두 사람은 시작부터 난관에 봉착하고 말았다.

'끄응, 조사를 한다는 것이 너무 옛날 DB만 뒤졌나 봅니다.'

'어쩌죠?'

태하는 아르바이트생에게 5천 원짜리 지폐를 쥐어주며 물었다.

"저, 그럼 자유 취식이 가능한 PC방은 어디 가면 찾을 수 있나요?"

"…혹시 외국에서 오셨어요?"

"아니요, 그런 것은 아닙니다만."

그는 돈을 받지 않고 손가락으로 입구를 가리켰다.

"입구에서 바로 왼쪽으로 꺾으면 멀티방이 있어요. 요즘 멀티방은 화장실에 간이 샤워실까지 있다니까 거기서 밥을 해먹든 술을 퍼마시든 상관있겠어요?"

"멀티방이라……"

"멀티방에 2인용 PC도 있고 노래방 기계, 오락실 기계, 게임기도 있으니까 차라리 그곳에 가서 노세요."

태하와 설아는 무릎을 쳤다.

"그래! 바로 그거야!"

"고맙습니다. 하마터면 시간만 허비할 뻔했군요."

두 사람은 나란히 손을 잡고 멀티방 거리로 향했다.

*　　　*　　　*

멀티방이라는 것은 두 사람에게 거의 신세계나 마찬가지였다.

영화 감상을 위한 스크린은 물론이거니와 노래방 기계에

PC, 게임기, 심지어 안마 의자까지 구비되어 있었다.

두 사람은 이곳이 파라다이스인가 싶다.

"좋군요! 이런 엄청난 곳이 있었다니……!"

"요즘 세상 참 좋아졌네요. 이렇게 한꺼번에 여러 가지를 할 수 있는 곳이 다 있다니 말이에요."

"누가 아니랍니까?"

그녀는 푹신푹신한 초대형 쿠션 위에 놓인 테이블에 도시락을 차려놓고 본격적으로 놀 준비에 들어갔다.

태하는 그녀가 준비한 도시락의 양과 질을 확인하고선 화들짝 놀랐다.

도시락에는 임금님 수라상에서나 볼 법한 산해진미가 가득했는데, 태하가 태어나서 처음으로 맛보는 요리가 대부분이었다.

"우와, 이게 다 뭡니까? 언제 다 차렸어요?"

"이틀쯤 걸렸죠. 시간 나는 틈틈이 차려낸 터라 맛이 있을지는 나도 잘 모르겠어요."

태하는 자신도 모르게 박수를 쳤다.

짝짝짝!

"이야, 정말 대단하다는 말밖엔 할 말이 없네요."

"후후, 그래요?"

"정말 고맙습니다. 무슨 수로 보답을 할지……."

"보답이랄 것이 뭐 있나요? 약혼녀로서 주말을 즐기기 위해 조금의 노력을 한 것뿐인데요. 태하 씨야말로 바쁜 일정 뒤로 밀어놓고 나를 만나기 위해서 달려온 거잖아요? 내가 더 고맙죠."

"하하, 이거야말로 별것 아닌데……."

마냥 딱딱하게만 굴던 그녀이지만 한번 변하고자 마음먹으니 정말 괜찮은 사람이 되었다.

콤플렉스를 버리고 솔직하고 소탈한 사람이 되니 그야말로 1등 신붓감이라 할 만했다.

태하는 2인용 PC를 켜고 미리 준비해 온 게임에 대해 설명했다.

"당신이 음식을 준비했다면 나는 게임을 준비했어요."

"게임이요?"

"원래 PC방은 게임을 하러 가는 곳이잖아요? 그래서 게임방이라고도 하고요."

"그건 그렇죠."

"해서 제가 우리 두 사람이 간단히 즐길 수 있는 게임을 한번 준비해 봤습니다. 총 접속자 수가 좀 적기는 합니다만, 그래도 재미는 충분히 보장할 수 있습니다."

"으음, 그래요?"

태하는 자신이 이틀 밤을 새우면서 터득한 게임을 그녀에게 전수하기 시작하였다.

"일단 앉아요. 음식은 게임을 하면서 먹으면 더 맛있으니까
요."

"그럼 그럴까요?"

양쪽 PC 가운데 음식을 차려놓은 태하는 접시에 그것을 덜
어 먹으면서 자신이 준비한 게임을 설치하였다.

게임의 타이틀은 '마지막 군주'였다.

마지막 군주는 오픈한 지 5년쯤 되었는데, 그래픽도 나름
화려하고 RPG와 전략 시뮬레이션의 결합으로 꽤 높은 인기
를 구가한 게임이다.

당시에는 꽤나 혁신적인 게임 체계로 눈길을 끌었으나, 워
낙 게임의 판도가 빠르게 흘러가는 바람에 소수 마니아를 제
외하면 유저가 상당히 드물었다.

게임은 아주 작은 영지에서부터 시작하게 되는데, 자신의
영지를 발전시키고 군사를 운용하여 몬스터를 토벌해 게임을
운영해 나가는 형식이었다.

군사를 운용하는 시스템에는 장수를 등용하여 육성하는
장수 육성과 병사들을 강화시키는 훈련, 혹은 경험치 축적 제
도가 있어서 병사 개개인과 장수 개개인의 레벨 및 스킬 레벨
을 올릴 수 있었다.

거기다가 장비의 업그레이드와 각종 아이템 파밍 시스템이

치밀해서 초대형 군단을 직접 운영하는 맛을 느낄 수 있었다.

전투 역시 직접 지휘하고 스스로 영주 캐릭터가 되어 전장에 참여할 수도 있기 때문에 박진감을 느낄 수도 있었다.

거의 완벽에 가까운 재미를 보인 마지막 군주이지만 과도한 현금 결제 유도 및 회사 운영 실패로 거의 끝물에 닿았다는 평가를 받고 있었다.

하지만 그 특유의 게임성이 남아 있어서 막상 처음 플레이를 하게 되면 충분히 빠져들 수 있는 요소가 많았다.

그녀는 마지막 군주를 시작하고 여성 영주로 캐릭터를 정하였다.

자신의 취향대로 캐릭터를 꾸미고 나면 RPG 형식으로 게임을 진행하게 된다.

처음에는 영주 캐릭터 한 명에 병사 몇 명이 전부이기 때문에 거의 일반적인 RPG와 다를 바가 없다.

그녀는 처음부터 차근차근 영지 전투와 개인 전투, 군단 전투, 분대 전투 등을 배워 나가면서 흥미를 느끼기 시작했다.

"진짜 실제로 영지를 운영하는 느낌이네요. 이야, 무슨 소설을 읽는 것 같아요."

"그렇죠? 정말로 잘 만든 게임입니다. 제가 인터넷을 마구 뒤져서 얻은 결과치곤 참으로 괜찮은 편이지요."

매번 게임 검색에 실패해서 인터넷 영상으로 구경하기 바쁘던 태하가 이번에는 제대로 된 게임을 건진 것이다.

두 사람은 앉은 자리에서 음식을 다 먹고 무려 네 시간 동안이나 게임을 즐겼다.

하지만 두 사람은 그 자리에서 일어날 생각을 하지 않았다.

*　　　*　　　*

다음 날, 태하와 설아는 눈 밑이 새까매져서 멀티방을 나왔다.

"…게임이 너무 재미있어도 문제네요."

"그러게 말입니다. 도대체 시간이 어떻게 흘러가는지 알 수가 없을 지경이에요."

멀티방에서 나와 집으로 돌아가는 도중에도 두 사람은 게임에 대한 얘기로 이야기꽃을 피웠다.

그녀가 쉴 새 없이 게임에 대한 얘기를 풀어놓으면 태하는 그것에 맞장구를 치면서 게임에 대한 토론이 이어져 갔다.

"사람이 별로 없어도 역시 당파 싸움이 재미있긴 하네요."

"게임 내에 PC도 꽤 있으니까요."

"우리도 어서 세력을 구축해서 국가를 건설해야 할 텐데요."

"그렇게 하자면 지금처럼 해선 안 됩니다. 현금을 조금 동원해서 아이템을 맞출 필요가 있죠."

"으음, 좋아요. 그럼 오늘 당장 비서실을 통해서 현금을 동원해요. 한 1억이면 되려나?"

"하하, 그 정도는 아닙니다. 한 200만 원이면 충분히 나라를 세울 정도의 캐릭터는 나올 겁니다. 문제는 캐릭터의 성장이죠."

"흠, 그 부분에 대해선 우리 비서실과 얘기를 해봐야겠어요."

"안 그래도 알아보니 대신 게임을 해주는 아르바이트도 있고 전문적인 육성 사무실도 있답니다. 그곳에 맡기면 알아서 캐릭터를 키워준대요."

"오오! 정말 좋은데요?!"

두 사람이 한창 게임에 대한 얘기로 꽃을 피우고 있는데 서로의 핸드폰이 마구 울리기 시작한다.

드르르르륵!

게임을 하느라고 배터리가 방전된 것도 모른 두 사람은 이제 막 전원을 켰다.

그 때문에 그동안 밀려 있던 부재중 전화와 문자메시지가 물밀듯이 밀려오고 있는 것이다.

"부재중 전화가 무려 500통이나……."

"전화를 안 받아서 그런 모양이에요."

태하는 쓴웃음을 지었다.

"어떻게 하루도 가만히 있을 수가 없네요."

"그러게 말이에요."

"아무튼 빨리 회사로 돌아가야겠습니다."

"저도요. 지금 비서실에서 저를 찾느라 실종 신고를 할 판이에요."

"그럼 안 되죠. 어서 갑시다."

태하는 그녀를 데리고 남궁가의 한국 저택으로 향했다.

며칠 후, 두 사람은 여전히 일상생활에 매진하고 있었다. 그렇지만 게임에 대한 열정만큼은 접어둘 수가 없었다.

두 사람은 휴대용 와이파이 기기와 대형 태블릿 PC를 구매하여 일하는 도중에도 잠깐씩 엽지의 상황을 체크하고 자동 사냥 메크로로 캐릭터를 육성하였다.

가뜩이나 바쁜 두 사람이지만 모든 일이 결국 사람이 하는 것이기 때문에 틈을 만들어낼 수 있는 방법이 분명 있었다.

하지만 두 사람이 다시 주말을 맞이했을 때엔 너무나도 충격적인 소리를 듣게 되었다.

그것은 바로 게임 회사가 서비스 중단을 선언한 것이다.

두 사람은 회사의 일정을 잠시 뒤로 미루고 억지로 주말에 시간을 만들어냈다.

태하와 설아는 유일한 낙인 게임이 사라진다는 소리에 절망할 수밖에 없었다.

"어쩌죠? 이제는 게임을 영영 할 수 없는 건가요?"

"다른 게임을 찾아봐야지요. 게임을 한번 해보면 다른 게임은 얼추 눈치로 따라간다니 다른 게임을 찾아보면 될 겁니다."

"하지만 우리가 쏟은 정성이 너무 아깝네요. 그리고 저는 이 게임이 너무나도 마음에 들었는데……."

"흠."

태하는 너무나도 아쉬워하는 그녀의 표정에서 자신이 무엇을 해야 할지에 대해 깨달았다.

그는 설아의 절망을 희망으로 바꾸어주기로 했다.

"게임 회사를 인수합시다."

"…인수를 하자고요?"

"기업가가 게임 회사 하나 인수하는 것이 뭐 그렇게 어려운 일이겠습니까?"

"하지만 최소한 수십 억은 있어야 게임 회사를 인수할 텐데요?"

"알아요."

"게임 하나에 수십억을 투자한다고요?"

"그냥 게임이 아닙니다. 우리가 처음 공통분모를 만들고 집중한 게임입니다. 추억을 위해서라도 그냥 내버려 둘 수는 없어요."

"태하 씨……."

그녀는 돈으로는 어디 가서 뒤지지 않는 남궁가의 여식이
지만 게임 하나에 수십억을 쓰는 성격은 아니었다.

하지만 태하는 자신이 돈을 써야 할 곳을 찾았다고 생각했
다.

"지금까지 돈을 벌기만 했지 써본 적이 별로 없어요. 아마
이럴 때 쓰라고 돈을 안 쓰고 모은 모양입니다."

"정말 결심을 굳힌 모양이군요?"

"물론입니다. 당장 내일 해당 회사를 찾아가서 제가 게임 회
사를 인수한다고 협상을 해봐야겠습니다."

"같이 가요. 기왕지사 게임 회사를 인수할 것이라면 내 돈
도 출자하게 해줘요. 공동투자로 회사를 살리면 더욱 뜻깊을
것 같아요."

"그럼 그럽시다."

사실 두 사람이 게임 회사를 차리고자 마음먹는다면 세계
최대의 게임 회사를 차리고도 남겠지만 그런 야망을 꿈꾸는
것은 아니었다.

오로지 둘만의 세계를 빼앗기는 것이 너무나도 싫었던 것이
다.

두 사람은 비서실을 통하여 게임 회사 '타카밍'과의 협상을

시도하기로 했다.

*   *   *

　다음 날, 태하와 설아는 타카밍의 대표이사를 만나기 위해
타카밍 본사를 찾았다.

　그러나 두 사람이 찾은 회사는 회사라기보다는 다 쓰러져
가는 판잣집이라고 보는 것이 오히려 옳을 듯했다.

　이제 남은 서버도 단 하나이고 직원 역시 사장을 포함하여
두 명밖에 되지 않았다.

　그들은 자신의 회사를 선뜻 사겠다고 나선 사람이 있을 줄
은 꿈에도 몰랐다고 시인했다.

　몇 차례의 부도 위기를 돌파하긴 했으나 회사의 부사장이
라는 사람이 사기를 치고 도망치는 바람에 지금 이곳에는 남
은 것이 하나도 없었다.

　그나마 게임의 저작권과 상호를 지켜낸 것은 사장 전태명
의 희생 덕분이었다.

　이제 그는 개인 회생을 준비하기 위해 회사를 정리하고 남
은 여직원에게 퇴직금으로 남은 전 재산을 털어줄 생각이라고
했다.

　태하는 전태명의 재능이 누구보다 아까웠다.

그는 이 회사를 자신이 인수하고 난 이후의 행보에 대해서 논의하기로 했다.

"만약 제가 이 회사를 인수하고 난 이후엔 어쩌실 생각이었습니까?"

"아마 남은 빚을 다 갚고 그저 그런 직장에 들어가 목숨이나 연명하고 있겠지요."

"하지만 이 정도 게임을 기획하고 제작한 사람이면 디렉터로 캐스팅할 회사가 꽤 있을 텐데요?"

"이제는 그런 과거를 남에게 들키고 싶지 않습니다. 그래서 초야에 묻히기로 한 것이고요."

"음……."

"아무튼 채무를 변제할 수 있도록 해주셔서 감사합니다. 제가 어떻게든 신세를 갚고 싶습니다만, 보시다시피 드릴 수 있는 것이 하나도 없군요."

설아는 태하와 전태명의 얘기를 가만히 듣고 있다가 불현듯 입을 열었다.

"주실 수 있는 것이 있죠."

"저는 빈털터리입니다만?"

"사람이 돈은 잃을 수 있지만 재능을 잃을 수는 없습니다. 당신에게는 게임 업계를 사로잡을 정도의 재능이 있어요. 그런 재능을 낭비하는 것은 국가적 손해라고 생각합니다."

전태명은 멋쩍은 듯이 웃었다.

"홋, 그럼 뭐합니까? 저는 실패한 사업가인데."

"그건 당신의 수완이 나빴던 겁니다. 게임을 만드는 데 재능이 없던 것이 아니라고요."

"…칭찬은 고맙습니다만, 그렇다고 지금 제가 할 수 있는 것은 없습니다."

"이 회사에 남아주세요."

순간, 전태명이 고개를 갸웃거렸다.

"뭐라고요?"

"게임 개발을 총괄하고 제작하는 디렉터 겸 기획, 제작 부문 사장을 맡아달라는 겁니다."

태하는 무릎을 쳤다.

"아하! 그런 방법이!"

"이 회사가 망한 것은 첫 번째, 경영을 잘못했기 때문입니다. 그리고 두 번째, 사기를 당했기 때문이죠. 이 모든 것은 전태명 사장님이 운이 나빴기 때문이기도 하지만 경영 능력이 조금 떨어졌기 때문입니다. 하지만 자금의 운용이나 회사의 경영에 대한 지식이 없는 사람이 회사를 제대로 굴리는 것도 쉬운 일은 아니죠. 그러니 그런 부분을 우리가 모두 다 해결해 주고 게임만 제작한다면 또다시 도약할 수 있는 발판이 마련될 겁니다."

전태명은 고개를 내저었다.

"저는 그럴 만한 그릇이 못 됩니다. 또 회사를 망치고 말 겁니다."

"망쳐도 고칠 수 있는 사람들이 여기 있습니다. 그런 전략은 우리가 알아서 세울 것이니 당신은 게임을 제대로 만들기만 하면 됩니다."

"흠……."

"월급 사장이긴 합니다만, 사장 자리를 드릴 테니 같이 일해 볼 생각 없어요? 지분도 넉넉하게 챙겨 드리겠습니다."

그는 깊은 고민에 빠졌다.

자신의 청춘을 다 바쳐서 만든 회사와 게임이 공중 분해되게 생긴 마당에 동아줄을 내려준 사람들이 있으니 어찌 기쁘지 않겠는가?

하지만 한번 크게 실패한 경험이 있는 전태명이기에 쉽사리 하겠다는 말을 내뱉기가 힘들었다.

태하는 그런 그에게 확신을 심어주었다.

"원래 물이 들어올 때 노를 젓는 겁니다. 지금 바닥까지 떨어진 상황에 더 아래로 떨어질 것이 뭐가 있겠습니까? 까짓 것, 그냥 한번 들이받는 거죠."

"…괜찮을까요?"

"물론입니다. 안 괜찮을 것은 또 뭡니까?"

그는 태하와 설아의 제안을 받아들이기로 했다.

"좋습니다. 당신들을 믿고 따라가 보기로 하겠습니다."

"좋아요. 당신이 지고 있는 부채를 모두 회사로 넘기고 우리가 그것을 모두 떠안는 것으로 회사를 인수하기로 하죠. 잔금은 회사의 지분으로 돌려 사장으로서의 지분을 맞춰드리겠습니다. 어때요?"

"어떤 방향이든 좋습니다."

태하와 설아는 그에게 악수를 건넸다.

"한번 잘해봅시다."

"물론이죠."

이로써 태하와 설아는 뜻하지 않게 공동경영에 뛰어들게 되었다.

*　　　　　*　　　　　*

며칠 후, 게임 회사 타카밍의 본사가 서울 신촌으로 이전하였다.

KP그룹에서 소유하고 있던 건물을 태하가 사유재산으로 구매하여 타카밍의 본사로 사용하기로 한 것이다.

총 10층 건물로 이뤄진 타카밍의 본사는 동시 접속자 10만 명을 수용할 수 있는 서버와 슈퍼컴퓨터가 위치하여 경영은 물론이고 서비스망까지 갖추게 되었다.

설아는 타카밍의 경영실을 비롯한 부서를 새로 설립하고 무려 100명에 달하는 신입 사원을 채용하였다.

원래 타카밍의 원로이던 사람들은 이미 다른 회사로 이직하여 일을 하고 있는 실정이니 모두를 신입으로 채용할 수밖에 없었다.

하지만 타카밍이 다시 한 번 도약하게 되면 슬슬 헤드헌팅을 통하여 간부급 인사들을 대거 기용할 수 있게 될 것이다.

그때는 제대로 규모를 불려서 해외 진출까지 노리는 회사로 거듭난다는 것이 설아의 목표였다.

그녀는 직접 경영을 총괄하고 필요한 지원은 태하에게 맡겨 회사에 생기를 불어넣었다.

이제 드디어 회사의 윤곽이 잡혀감에 따라서 그녀는 필살 전략으로 마지막 영주를 모바일로 출시하는 프로젝트를 발의시켰다.

이것은 게임 시장을 공략하는 데 있어서 가장 필요한 요소이며 모바일 시장이 급성장했기 때문에 생각한 사업 구상이다.

2D와 3D의 결합으로 이뤄진 게임을 풀 3D로 교체하고 PC와 모바일을 연동시키게 되면 반드시 승산이 있다는 것이 그녀의 의견이었다.

물론 이것을 가능케 하기 위해선 현재 부재인 모바일 전문 가들이 필요하다는 것이 문제였다.

이 문제에 대해선 태하가 해결하기로 했다.

그는 KP그룹의 정보망을 동원하여 한국 최초로 모바일과 PC를 연동시킨 회사의 개발이사를 찾아가 기술 제휴를 신청하였다.

KP그룹의 홀딩스와 투자 관계에 있는 코린 모바일은 태하의 요청을 흔쾌히 받아들였다.

기술 제휴를 통하여 초도 개런티를 지불하고 나머지 수익에 대해선 배분이 없는 조건으로 시작된 것이다.

15억이라는 금액을 주고 산 기술이지만 이것이 모바일로 나왔을 때엔 과연 어떤 대박을 터뜨릴지는 미지수였다.

이제 남은 것은 모바일 게임을 제작하고 그것을 출시할 수 있도록 개발하는 시간이었다.

설아는 전태명에게 3개월을 말했다.

"3개월 안에 게임을 완성시킬 수 있겠어요?"

"이미 기술 이전을 다 마쳤기 때문에 타이틀만 다듬어서 내보내면 됩니다. 3개월 안에 마무리 짓겠습니다."

"반드시 그래야 합니다. 그동안 우리가 수익을 올릴 수 있는 수단이 별로 없으니까요."

"예, 잘 알겠습니다."

그는 게임 내에서 문제가 되었던 것을 전면 수정하고 게임을 다시 출시한다는 마음으로 작업에 임하기로 했다.

*　　　*　　　*

마지막 영주가 3개월간의 모바일 전환 작업을 거치는 동안에도 게임은 계속해서 리뉴얼과 테스트를 거치며 서비스되기로 했다.

덕분에 태하와 설아는 원하는 바를 이루게 되었다.

늦은 주말, 두 사람은 오늘도 역시 멀티방에 처박혀 하루종일 게임을 즐기며 아주 만족스러운 하루를 보내고 있었다

컴퓨터 옆에는 맥주와 오징어, 과자가 쌓여 있고 옷은 두 사람이 가장 좋아하는 트레이닝복이다

태하는 게임을 하다 말고 그녀의 얼굴을 스윽 쳐다보았다.

그는 미소를 지었다.

"많이 변했네요."

"뭐가요?"

"원래 처음의 당신이었다면 이런 모습은 상상조차 할 수 없었을 텐데 말이죠."

그녀 역시 미소를 지었다.

"맞아요. 나 같은 깍쟁이가 당신과 게임이라는 취미를 공유

할 수 있게 되었다니, 믿기지가 않아요."

"좋은 변화입니다. 이런 변화가 결국 당신과 나를 가깝게 만드는 계기가 된 것 아니겠습니까?"

"후후, 그건 그렇죠."

설아는 태하와의 만남이 좋지만 불편한 점에 대해서 설명하였다.

"우리가 주말마다 만나는 것은 좋은데 말이죠, 매번 이렇게 게임에 매달려서 살다 보니 애초에 계획한 것들을 할 수가 없네요."

"으음, 그런가요?"

"확실히 게임이 재미있긴 하지만 뭔가 작은 틀 안에 갇혀 있다는 생각이 자꾸 들어요."

"흠……."

"게임은 우리가 모바일 게임을 출시하는 순간에 기념으로 하기로 하고 이제는 슬슬 밖으로 나가는 것이 어때요?"

"이를테면?"

"함께 운동을 한다든지, 여행을 다닌다든지, 영화를 본다든지 뭐 그런 것들이요."

태하는 잘 잡고 있던 컴퓨터에서 손을 뗐다.

"하긴, 게임이 전부가 될 수는 없죠."

"게임이 좋긴 하지만 인생의 대부분을 차지해선 안 된다고 생각해요."

늦바람이 무섭다는 말이 있듯 태어나 처음으로 접한 게임에 정신이 팔린 두 사람이지만 결국 세상 밖으로 나오고 싶다는 생각이 든 것이다.

태하는 고개를 끄덕였다.

"좋습니다. 이제까지 우리가 공부만 하느라 못 다닌 여행을 좀 다녀봅시다. 어때요?"

"주말마다요?"

"예, 그렇습니다. 그곳이 한국이든 외국이든 한 곳을 정해서 가는 겁니다."

"선정 기준은요?"

"TV에서 나오는 곳으로 합시다. 왜, 매일 저녁마다 해주는 프로그램 있지 않습니까? 리포터들이 따라다니면서 체험도 하고 맛있는 음식도 먹는 것 말입니다."

"아하! 철마다 다닐 수 있는 곳을 소개시켜 주곤 하죠. 나도 한국에서 생활하며 본 것 같아요."

"그것만 있으면 어디든 갈 수 있어요. 물론 해외를 소개하는 프로그램도 챙겨 보면 좋고요."

"그래요. 그럼 그렇게 해요."

두 사람은 얘기를 하면 할수록 서로의 생활로 돌아가 따로 생활하는 시간이 아깝다는 생각이 들었다.

동시에 같은 생각을 했으나 쉽사리 그 말을 먼저 꺼내지는 못했다.

다만 그 생각을 에둘러 표현할 뿐이다.

"…어쩌면 결혼하는 사람들의 심정을 이해할 수도 있을 것 같습니다."

"그러게요. 이런 말을 하면 좀 그렇지만, 뜻이 통하는 남녀가 만나서 둘만의 공간을 만들어 나가는 것, 그것이 결혼 아닐까요?"

만약 처음의 무미건조하던 만남을 계속해서 이어나갔다면 두 사람이 이런 감정을 갖긴 힘들었을 것이다.

모든 것이 형식에 얽매어 있던 두 사람이기 때문에 결혼에 대한 생각 자체가 없었을지도 모른다.

그렇지만 이제는 서로에게 미묘한 무언가가 싹텄기 때문에 결혼이라는 단어를 언급하는 것조차 어색해졌다.

두 사람은 서로를 바라보며 멋쩍게 웃었다.

"하하, 앞으론 멀티방이 아니라 아지트를 하나 만들까요?"

"그럴까요? 어디가 좋을까나."

서로 말은 하지 못하고 있었지만 멀티방처럼 아늑한 오피스텔이나 주택을 구하는 것이 좋겠다고 생각했다.

이것은 아직까지 연애의 감정은 아니었고 서로에 대한 호감이 극대화된 것이다.

"…그럼 아지트를 마련해 볼까요?"

"그 안에 들어갈 집기는 내가 마련할게요. 그곳에서 밥도 해먹어야 하니까."

"그, 그래요, 그럼."

의도하지는 않았지만 점점 서로에게 익숙해져 가는 두 사람이다.

제9장

모금 행사

3월 말, 남성그룹의 주최로 대성바이오테크의 모금 행사가
열렸다.

　이미 유엔 복지 재단과 얘기가 끝났음으로 각 국가의 대표
들이 모금 행사에 참석하여 프로젝트의 설명을 듣고 계약서에
서명만 하면 프로젝트는 성립된다.

　그 이후에 각 무인 집단들이 미 환수 조건으로 대성바이오
테크에 기부하게 되면 유엔은 그 돈을 지정 회계사들을 통하
여 적절하게 운용하게 된다.

　앞으로 기술력이 갖추어질 동안 필요한 시간은 대략 3개월,

대성바이오테크에 들어가는 모금액의 10%가 회사를 굴리고 개발 자금으로 사용될 예정이다.

남성그룹의 수장 남궁천영은 자신의 곁에 대성바이오테크의 설립자인 태하를 세워두고 모금 행사장을 찾는 내빈들을 족족 소개하였다.

가장 먼저 태하와 얼굴을 마주하게 된 사람은 한국의 기술자원부 차관 태희성이었다.

태희성은 익숙한 얼굴의 태하에게 먼저 다가와 인사하였다.

"김태하 선생님 아니십니까?"

"만나 뵙게 되어 영광입니다."

"이야, 고향의 인재를 이곳에서 보게 되니 너무나도 반갑군요. 그나저나 이런 대단한 행사를 이끌어내다니 능력이 대단하십니다."

"아닙니다. 이 모든 것은 예비 처가인 남성그룹에서 만들어낸 것입니다. 저는 그저 모금 받을 회사만 내어놓았을 뿐입니다."

"하하, 그래도 이런 기술력을 갖춘 회사를 만들어내는 것이 쉽지 않을 텐데 대단하긴 하십니다."

"과찬이십니다."

두 사람이 한창 대화를 나누고 있을 무렵, 남궁천영이 미국의 보건복지부 차관 마일로 테일러를 데리고 왔다.

마일로 테일러는 태하가 기획하고 있는 이 대규모 사업에 대한 동참과 원조를 약속하였다.

"말로만 들었지 이런 기술이 실존한다는 것을 처음 알았습니다."

"비슷한 기술이 출시된 적이 있습니다. 아직까지 특허출원이 안 되었습니다만, 만약 된다고 해도 우리와는 길이 달라서 문제는 없습니다."

"아아, 그러고 보니 바트린 제약의 기술과 거의 비슷한 것 같군요."

"하지만 그들의 기술력은 상당히 부실한 면이 많습니다. 무엇보다 엄청난 현금을 동원하여 사업을 확장하려는 것일 뿐, 인류를 위해서 기술을 사용할 준비가 안 되어 있습니다."

"그래요. 우리 미국이 바트린 제약을 등지고 선생과 계약하기로 한 것도 바로 그런 이유 때문입니다. 소외 계층을 돌보고 이 세상의 약자들을 보호하는 것은 언제나 뜻깊은 일입니다. 만약 제가 노벨 평화상을 줄 수 있는 권한이 있는 사람이라면 올해 노벨 평화상은 선생의 것이 될 겁니다."

"너무 과분한 칭찬이십니다."

"아니요, 이건 분명 살신성인입니다. 지금 선생이 제시한 비전을 사업으로 발전시켜 이득을 취하자면 엄청난 부가가치를 만들어낼 겁니다. 그렇지만 이것을 소외 계층을 위주로 보급하게 된다면 인류는 지금보다 훨씬 더 살 만해질 테지요. 이 것은 또 다른 혁명입니다. 선생은 지금 혁명을 이끌고 있는 겁 니다."

거의 태하를 찬양하다시피 칭찬하는 마일로 테일러야말로 약자를 위할 줄 아는 관료이기에 꽤 묵직한 지원금을 기대할 수 있을 것이다.

잠시 후, 일본과 러시아, 인도 등의 보건 계열 관계자들이 속속 도착하였다.

그들은 태하에게 계약과 동시에 원조를 약속하고 앞으로 더 많은 사회적 약자들이 혜택을 받을 수 있도록 부탁하였다.

이윽고 이제는 사성회를 포함한 무인 집단들이 속속 도착 하기 시작했다.

가장 먼저 행사장을 찾은 사람은 다름 아닌 명화방의 천하 랑과 사성회의 김태진이었다.

태진으로 변장한 청림은 태하를 보자마자 반갑게 인사하였 다.

"형!"

"왔구나!"

그는 달려가 청림을 와락 끌어안았다.

그러자 청림이 화들짝 놀라며 어색하게 웃었다.

"아, 아하하!"

"보고 싶었다. 잘 지냈지?"

"…물론이지. 그런데 형, 우리가 못 본 지 이제 일주일쯤 되었나? 그리 오래된 것 같지는 않은데?"

"난 항상 네가 궁금해. 그게 이상한 것은 아니잖아?"

청림은 헛기침을 통하여 조금 어색해진 분위기를 환기시켰다.

"험험! 아무튼 우리 사성회도 정식으로 원조를 약속했으니 조만간 자금이 전달될 거야."

"고맙구나."

"별말씀을."

태하와 청림이 인사를 나눈 후, 천하랑이 다가와 태하의 손을 잡았다.

"태하야, 장하구나. 이런 일을 성사시키다니 말이야."

"제가 한 것이 뭐 있겠습니까? 모두 츠바사와 남궁세가 덕분이지요."

"일이야 어찌 되었든 간에 네가 앞장서지 않았다면 지금과 같은 결과가 있을 리가 없지 않느냐?"

천하랑은 태하에게 초도 투자금으로 1억 달러를 약속하였다.

"명화방에서 1억 달러를 투자하기로 했다. 이 정도 금액은 넣어줘야 네 외가의 면이 서지 않겠어?"

"감사합니다!"

"아직 놀라긴 이르다. 앞으로 3억 달러가 더 투자될 예정이니 돈이 필요하다면 펑펑 써도 좋다."

"하하, 좋은 곳에 쓰겠습니다."

이윽고 천하랑은 넌지시 KP그룹의 개입에 대해 물었다.

"너희 회사는 어쩔 생각이냐?"

"5억 달러를 투자할 겁니다. 그중에 절반은 유통망 확충에 쓰일 것이고요. 물론 그 유통망은 원조를 받는 나라에서 운용 자금을 내어줄 테니 앞으로 추가 금액은 들어가지 않습니다."

"그래, 잘 생각했구나."

천하랑과 태하가 밀담을 주고받고 있는 사이, 저 멀리 익숙한 얼굴들이 당도하였다

화산그룹의 장치순 회장과 그 휘하의 중역들이 모두 달려와 태하에게 힘을 실어주기로 한 것이다.

"잘 지냈는가?"

"회장님 오셨습니까? 장로님들도 강녕하셨습니까?"

"모두 자네 덕분에 잘 지냈다네."

장치순은 태하에게 역시 묵직한 금액을 꺼내놓기로 했다.

"자네가 우리 그룹에 공헌한 바가 크기 때문에 금액을 좀 쓰기로 했네. 우리는 4억 달러를 투자할 생각이네."

"감사합니다. 갑자기 이렇게 통 큰 기부를 해주시다니……."

"만약 자네가 없었다면 그룹 자체가 없었을 텐데 당연히 해야지."

이윽고 장치순은 태하에게 속삭이는 말투로 물었다.

"…그나저나 오늘의 폭탄선언은 언제 시작할 예정인가?"

"초대한 모두가 도착하면 실시할 겁니다."

이미 태하에게 오늘 기부 행사에 대한 실체를 전해 들은 장치순은 장내를 포위하고 검객들을 동원하는 역할을 맡았다.

하오문과 화산파의 검객들이 기금 행사장의 보안을 유지하고 정보가 새어 나가지 않도록 철통같이 지킬 것이다.

이것은 모두 끄나풀들이 도망가지 못하도록 하는 철저한 지략에 의한 것이다.

"아무튼 이번 작전이 성공리에 끝났으면 좋겠군."

"반드시 그래야 합니다. 그래야 더 이상 조가괴협이 살인을 저지르지 않겠지요."

"자네의 말이 맞네."

장치순은 태하에게 핸드폰을 하나 건넸다.

"개방에서 전해준 것일세. 가지고 있다가 일이 시작되면 전화를 달라고 하더군."

"예, 알겠습니다."

사전에 개방과 하오문을 통하여 협조 통보를 받은 화산파이기 때문에 행동이 아주 능동적이라 할 수 있었다.

여기에 명화방의 고수들과 사성회의 고수들까지 장내의 주변에서 대기하고 있으니 첩자가 숨어들 수 있는 가능성은 원천에 배제되었다.

이제부터의 문제는 태하가 얼마나 그들을 효과적으로 설득하느냐에 따라 달렸다.

*　　　*　　　*

행사 시작 10분 후, 태하가 몬스터 줄기세포 이식에 대한 이론을 알아듣기 쉽게 풀어 설명하고 있다.

그는 프레젠테이션을 통하여 몬스터 줄기세포가 어떻게 사용되는지 설명하였다.

"몬스터 줄기세포는 인간의 가장 약한 부분에 투입되어 상실된 기능을 회복시킵니다. 이를테면 선천적 기형이나 소아마비 같은 장애를 거의 70% 이상 고칠 수 있는 것이지요."

"인체의 기능이 회복된다면 절단된 부위의 재생도 가능한 겁니까?"

"일부분 가능하긴 합니다. 하지만 그 부분에 대해선 부작용이 워낙 크기 때문에 시연이 불가능할 것으로 보입니다. 하지만 앞으로 수 년 내에 시연이 가능하도록 만든다는 것이 대성바이오테크놀로지의 목표라고 할 수 있습니다."

"그렇다면 회춘도 가능하겠군요?"

태하는 고개를 가로저었다.

"우리가 지향하는 것은 어디까지나 장애의 개선입니다. 인간의 노화를 늦출 수 있는 방안을 개발할 수는 있습니다만, 신체 전체를 회춘시키는 것은 불가능합니다. 다만 인간의 뇌기능 저하를 늦출 수 있는 기술력이 일부분 시현될 겁니다. 단 0.04%의 회복일 뿐입니다만, 이것만으로도 치매를 개선시킬 수 있을 것으로 기대됩니다."

"그에 대한 보충 자료가 있습니까? 임상 시험 결과라든지 구체적인 데이터가 있어야 할 것 같은데요?"

태하는 그의 질문에 무릎을 쳤다.

"예. 그래서 본 기술의 원 개발자를 모시고 말씀드리겠습니다."

"원 개발자라니요?"

잠시 후, 이제는 정상으로 돌아온 카트리나가 단상 위로 올라섰다.

"안녕하십니까? 리뉴전트의 개발자 카트리나 캐리언입니다."

"어라?"

장내에 모인 사람들은 리뉴전트의 개발자인 카트리나가 왜 이곳에 있는 것인지 이해를 할 수 없었다.

그녀는 자신에 대한 의구심을 아주 간단명료하게 정리해 주었다.

"아마 제가 왜 이곳에 있는지 궁금하실 겁니다. 그 이유는 아주 간단합니다. 저는 생존을 위해 도망쳤습니다."

"생존?"

"바트린 제약은 리뉴전트의 부작용에 대하여 철저히 은폐시키고 얼마 안 되는 순기능에 대해서만 발표하였습니다. 사실 리뉴전트는 인간의 신체를 철저히 무너뜨리고 리뉴전트 바이러스라는 심각한 역기능을 가졌습니다. 리뉴전트는 몬스터에게서 추출한 것이기 때문에 물질 자체가 서서히 진화하는 기능이 있습니다. 그렇기 때문에 리뉴전트는 신체에 녹아들어 죽은 세포를 재생시키고 인간의 신체 능력을 전성기로 되돌리게 되는 겁니다."

"흠……."

"하지만 이것은 아주 심각한 문제점을 안고 있습니다. 리뉴전트는 인체의 체세포를 몬스터의 것으로 전환시키면서 인간이 몬스터화가 되는 것이지요. 한마디로 이것은 몬스터를 양산하는 바이러스에 불과합니다."

그녀는 지금 바트린 제약을 악의 축이라고 규정하였고, 카트리나가 내뱉은 증언은 가히 충격적이라 할 수 있었다.

특히나 미국의 관계자들은 믿을 수 없다는 표정이다.

"우리는 바트린 제약을 정부 차원에서 밀어주었습니다. 그들이 가진 데이터가 그만큼 신뢰할 수 있는 것이었기 때문이죠."

"압니다. 그 데이터가 조작되는 것을 제가 직접 봤으니까요. 하지만 그것들은 사실이 아닙니다."

그녀는 제1번 실험체의 데이터를 프로젝터에 띄웠다.

철컥.

카트리나는 덤덤한 표정으로 레이저 포인트를 쏘아 프로젝터 위에 나온 자신의 얼굴을 지목하였다.

"제1번 실험체 카트리나 캐리언입니다. 본인이지요."

"……!"

프로젝터에는 카트리나의 신체가 아주 서서히 무너져 가는 모습이 고스란히 나와 있었다.

그녀의 신체는 피부에서부터 머리카락, 체모, 손톱까지 모든 것이 괴사하여 인간의 형태가 아니었다.

그녀는 그나마 지금의 모습을 유지하고 있는 이유에 대해 설명하였다.

"리뉴전트 바이러스의 부작용은 제각각입니다. 저처럼 거듭된 진화일 수도 있고 그냥 몬스터로 변해 죽을 수도 있지요. 바트린 제약은 제가 진화의 부작용으로 죽어간다는 것을 알고 인간의 신체를 유지할 수 있도록 인간의 살점과 피를 먹였습니다."

"…허, 허어!"

"미친놈들이군."

"저는 그들이 주는 고기를 먹고 인간의 모습을 되찾았습니다. 물론 그것은 미리 절제해 둔 제 허벅지였습니다. 그놈들은 스스로의 고기를 인간에게 먹여서 실험을 계속한 겁니다."

그녀가 늘어놓는 발언은 충격을 벗어나 경악에 이르고 있었다.

"그 이후에도 몬스터와 인간의 신체가 가진 차이점 때문에 죽을 고비를 수시로 넘겼습니다. 그때마다 몬스터와 저의 고기를 번갈아가면서 먹었습니다. 최후엔 면역 억제제가 저를 살리는 길이라는 사실을 알게 되었지요. 지금은 면역 억제제가 없이도 됩니다만, 그때엔 하루에 네 알씩 먹지 않으면 신체가 폭주하여 죽음에 이를 수도 있었습니다."

카트리나는 설명을 마친 후 개선된 약에 대해 설명하였다.

"우리는 리뉴전트의 역기능을 억제하기 위하여 한 가지 방안을 마련했습니다. 그것은 바로 본인의 줄기세포와 리뉴전트를 융합시켜 그 효능을 5천 분의 1로 떨어뜨리는 겁니다. 그렇게 되면 리뉴전트가 미칠 수 있는 부위는 뇌하수체 일부분에 지나지 않습니다. 그렇게 떨어진 뇌의 기능을 되살려 치매를 치료하는 겁니다. 앞으로는 신체의 국소 부위에 사용할 수 있도록 개량할 예정입니다만, 아직까지 그런 시도는 위험하다고 판단됩니다."

"그렇다면 치매를 치료한 후에 리뉴전트는 어떻게 됩니까?"

"안티 리뉴전트를 주사하여 치료합니다."

"흐음, 그러니까 리뉴전트의 천적을 주입하여 부작용을 아예 억제한다는 뜻이군요?"

"효과를 본 만큼 리뉴전트는 성장하게 될 겁니다. 그러니 애초의 뇌 기능만 살려놓고 리뉴전트만 죽이는 것이지요."

"그게 가능합니까?"

"안티 리뉴전트에 대한 연구는 이제 거의 막바지입니다. 바트린 제약에서 혹시나 하는 마음에 만들고 있던 약품의 정보를 제가 취하여 적용한 것이지요."

"흠……"

카트리나는 몬스터의 줄기세포를 이식하여 신체를 되살리는 것에도 원래는 문제가 많다고 지적하였다.

"그리고 또 한 가지 더 몬스터 줄기세포 이식에 관한 것입니다. 원래 이것은 신경세포를 재구성하기 위하여 만들어진 기술입니다. 하지만 신경세포를 이식하는 과정에서 각종 부작용이 발생하였습니다. 잘못하면 평생 식물인간이나 짐승으로 살아야 할 수도 있습니다. 그러나 바트린 제약은 이것을 신체를 강화할 목적으로 개량하여 군에 보급할 생각이었습니다.

한마디로 인간의 신체 능력을 비약적으로 상승시켜 막강의 군대를 조직하는 일이었지요. 그 과정에서 상당한 사망자가 발생하였습니다. 그리하여 프로젝트의 폐기를 주장했습니다만 기각되었지요."

"그럼 줄기세포 이식은 불가능한 것 아닙니까?"

"아까도 말씀드렸습니다만 우리가 재현 가능한 것은 전체 운동 능력의 70% 내외입니다. 증강시켜 주는 것이 아니라 회복시켜 주는 개념이라는 소리지요. 이 정도 비율이면 면역 억제제를 꾸준히 복용하면 충분히 나을 수 있습니다."

그녀의 말을 끝까지 들은 관계자들은 한 가지 의구심을 품었다.

"그런데 바트린 제약은 이제 막 중견기업의 규모입니다. 누가 이런 엄청난 자금력을 동원했단 말입니까?"

"질문 잘하셨습니다."

카트리나는 자신이 연구 시설을 통해 탈취해 온 청야성에 대한 자료를 프로젝터에 띄웠다.

"지금 보시는 이 자료는 청야성이라는 단체의 것입니다. 보시다시피 블랙슈거 프로젝트를 가로챘고 CIA를 배후에서 조종하여 국정을 농단하기도 했지요."

"……!"

"아마 듣기는 했어도 실체를 보시는 것은 처음이리라 예상

합니다."

"얘기의 흐름으로 본다면 바트린 제약이 청야성의 것이라는 소리가 됩니다만?"

"맞습니다. 바트린 제약은 청야성이 아주 오래전부터 키워 온 단체 중 하나입니다. 그들은 전 세계 곳곳에 끄나풀을 둔 집단입니다. 이 정도 기업은 얼마든지 만들 수 있지요."

도무지 믿기 힘든 그녀의 설명이 끝에 도달했을 때쯤, 카트리나는 자신이 입수한 끄나풀에 대한 정보를 공개하였다.

"지금 보시는 이 정보는 제가 알아낸 청야성의 끄나풀에 대한 것입니다. 아마 이 중에는 익숙한 이름이 많겠지요. 대부분은 중역을 지내고 있거나 중역을 흉내 내는 사람들일 테니까요."

"허, 허어! 이런 말도 안 되는 경우가 다 있나?!"

"이들은 국가나 문파가 아니라 청야성에 충성을 다하는 끄나풀입니다. 아마 이들의 내사를 진행하게 된다면 충분히 그 혐의를 입증할 수 있을 겁니다."

잠시 후, 손발이 포박된 남궁설민이 단상으로 끌려 나왔다.

쿠웅!

"크윽!"

혈도를 짚여 아무것도 할 수 없는 남궁설민은 간신히 고개만 움직일 수 있었다.

남궁천영이 화들짝 놀라 자리에서 일어섰다.

"이, 이게 지금 뭐 하는 짓인가?!"

"어르신, 남궁설민 이사를 내사한 사람들의 증언을 들어보시지요."

이윽고 남궁설민의 동생 남궁설휘 형제가 걸어나왔다.

순간, 남궁천영의 눈이 휘둥그레졌다.

"너, 너희들……?!"

"아버지, 아마 저희들이 미쳤다고 생각하실 겁니다."

"…어째서 당연한 소리를 지껄이느냐?"

"그럴 수밖에 없지요. 이 세상에 그 어떤 장남이 가문을 배신하겠습니까? 그래서 저희들도 처음엔 긴가민가했습니다."

"그렇다는 것은 지금 설민이에 대한 확증이 있단 말이냐?"

"예, 그렇습니다."

남궁설휘는 자신이 직접 입수한 남궁설민의 비밀 계좌의 통장 사본을 크게 확대하여 프로젝터에 띄웠다.

통장에는 바트린 제약으로 돈을 보낸 송금 내역이 남아 있고, SPG종합개발이라는 업체의 돈이 다시 유입된 정황이 남아 있었다.

"다시 한 번 말씀드립니다만, 바트린 제약은 청야성의 끄나풀입니다."

"…만약 바트린이 끄나풀이 아니라면?"

"그럴 가능성은 제로입니다. 더군다나 형님은 한국 측 첩자들과도 꽤 가깝게 지냈습니다. 보면 아시겠지만, 몰래 개통한 대포폰에 이세민 부회장과의 접견 내역이 남아 있습니다."

"……."

남궁천영은 믿을 수 없다는 표정으로 단상 위에 묶여 있는 큰아들에게 다가갔다.

"설민이 네가 정말……."

"…저를 그만 괴롭히고 이만 죽여주십시오. 어차피 살려둬 봤자 더 고통스럽게 죽을 뿐입니다."

스스로 자신의 죄를 시인하는 설민의 증언에 아버지는 그만 무너져 내리고 말았다.

"아아!"

"회장님!"

주변에서 그를 부축하였지만 남궁천영은 그 모든 손길을 뿌리쳤다.

"자, 잠깐!"

"회장님?"

이윽고 자리에서 일어선 남궁천영은 자신을 부축한 검객의 옆구리에서 검을 뽑아 들었다.

챙!

"회, 회장님! 이러시면 안 됩니다!"

"…내 아들의 허물은 내가 덮고 가야 할 문제이니 알아서 정리하겠소! 이거 놓으시오!"

"그래도 살인은 안 됩니다! 차라리 검찰에 이 문제를 고해서 형을 고려하시지요!"

"아아, 이게 무슨 날벼락이란 말인가!"

결국 남궁천영은 아들을 베지 못하고 검찰에 그를 넘기기로 마음먹었다.

"자수하여라. 만약 그렇지 않으면 청야성으로 네놈을 보내 버릴 것이다."

"예, 아버지. 죄송합니다."

남궁천영은 스스로 죄를 인정하는 아들에게 ㄱ 연유에 대해 물었다.

"하나만 묻자. 도대체 왜 집안을 배신하게 된 것이냐?"

"…첩질을 한 아버지가 싫었습니다."

"고작 그런 이유 때문에 아버지를 배신한단 말이냐?"

"고작이라니요. 아버지의 그 바람기 때문에 집안이 아주 개판입니다. 그걸 가장 잘 아시는 양반이 아버지 아닙니까?"

"뭐라?!"

"솔직히 그냥 지금 죽어도 억울할 것 없습니다. 조금이나마 아버지에게 복수를 했으니까요. 아마 내일쯤이면 신문 1면이 남성그룹의 장남이 옥살이를 하게 생겼다고 도배가 되겠지요.

그게 아버지의 얼굴에 똥칠을 하는 것이 아니고 무엇이겠습니까?"

명예를 목숨보다 더 중요하게 여기는 남궁천영에겐 아들의 양심 고백이 세상에서 가장 견디기 힘든 고통일 것이다.

아마 그는 아버지에게 이런 고통을 주기 위해서 일부러 죄를 짓고 그것을 시인한 것인지도 모른다.

"아무튼 아버지가 자식 농사를 제대로 못 지으셨으니 일이 이렇게 되었습니다. 저를 원망하지는 마십시오."

"……."

그는 순순히 무사들의 손에 이끌려 경찰서로 향했다.

* * *

남궁세가의 첩자를 잡아낸 후 태하는 현재 지하 세계 전역에 걸쳐 있는 끄나풀과 각국의 비선 실세를 찾아내는 데 전력을 다해야 한다고 역설했다.

"이대로는 청야성이 우리를 마음대로 주무르도록 내버려 두는 것밖엔 안 됩니다. 이젠 우리가 칼을 꺼내 들어야 할 때란 소리입니다."

"흐음, 그에 대한 방안은 있소?"

"현재 개방과 하오문, 명화자객단에서 고수들을 파견하였고 화산파에서도 협조하기로 했습니다."

태하는 각 문파의 첩자를 일거에 포획하여 없애야 한다고 주장했다.

"장문들께서 협조만 해주신다면 현재 언급된 세력들이 알아서 첩자를 잡아들일 겁니다. 그때 죄를 심문하는 자격만 저희들에게 주신다면 자백은 반드시 받아내도록 하겠습니다."

"이것 참······."

사문의 제자 중에서도 거의 중역들만 줄줄이 엮였으니 이것이야말로 대공사라고 할 수 있었다.

그러나 언젠가는 한 번쯤 도려내야 할 암 덩어리이니 더 이상 주저할 시간은 없었다.

각 문파의 장문들은 태하와 함께 암 덩어리를 제거하기로 마음먹었다.

"차라리 우리가 직접 나서겠습니다. 그것이 아마 본보기를 더 잘 보여줄 수 있는 방안이라고 생각합니다."

"그럼 위에서 언급된 세력들은 조력자로 나서는 편이 좋겠군요."

"일벌백계해서 청야성에게 선전포고를 합시다."

천하랑은 각국의 대표들에게도 비선 실세를 뿌리 뽑아야 한다고 역설하였다.

"우리 무인들이 앞장설 테니 비선 실세를 뿌리 뽑는 것이 인류의 발전을 위해 도움이 될 것이라고 생각합니다. 다들 그렇지 않습니까?"

"저희들은 정보기관을 통해 정보를 수집하고 움직이기 때문에 비선 실세가 있다면 큰 문제가 될 것입니다. 그러니 무인들께서 도와주신다면 아주 기쁠 것 같습니다."

"좋습니다. 그럼 명화자객단과 개방, 하오문의 고수들이 내사를 시작하여 혐의점을 발견하면 그들을 축출하겠습니다. 괜찮으시지요?"

"물론입니다."

그는 이 사건을 외부에서 알게 해선 안 된다고 강조하였다.

"지금 남궁세가의 사건은 경찰로 넘기긴 할 테지만 그 시기를 늦추는 것이 좋다고 생각합니다. 그래서 끄나풀을 모두 정리했을 때쯤 처리하는 것이 어떨까 싶습니다."

"…그러시지요. 어차피 언제가 되었든 간에 아들놈이 벌만 받으면 된다고 생각합니다."

남궁천영까지 동조하였으니 이제 이 사실은 수뇌부 중에서도 극히 일부만이 아는 사실이 되었다.

이제부터는 청야성을 몰아내는 운동이 본격화될 예정이다.

*   *   *

벌써부터 따가운 햇살이 내리쬐는 태평양 한복판.

쏴아아아아!

야자수를 엮어서 만든 뗏목이 조류를 타고 흐르고 있다.

뗏목에 탄 사람들은 무공의 초일류고수들이었지만 벌써 보름째 물을 한 모금도 못 마셔서 거의 죽음 직전에 이르러 있었다.

"허억, 허억!"

"…부회장님, 이러다가 우리 모두 죽는 것 아닙니까?"

"그런 말씀 마십시오. 내공을 최대한 아끼고 정신을 집중하면 갈증은 해결됩니다. 우리는 일반인과 다르지 않습니까?"

내공이 버티고 있는 한 물과 음식을 먹지 않아도 족히 한 달은 버틸 수 있지만 신체는 정신이 지배한다.

장수원을 비롯한 사이이사들은 현재 정신력이 너무 약해진 상태라서 없는 갈증도 느끼고 있는 실정이었다.

아마 이대로 조금만 더 시간이 흐른다면 분명 아사나 수분 부족으로 죽을 것이 뻔했다.

애써 이사들을 진정시키고 있는 장수원이었으나 그 역시 불안하기는 마찬가지였다.

'큰일이다. 물이 이렇게 빨리 떨어질 줄은 미처 몰랐어. 세상에, 이렇게까지 고전하게 될 줄이야.'

물자를 꽤 아껴서 왔다고 생각했지만 인간의 몸은 생각보다 더 나약한 모양이다.

이제 슬슬 한계를 느낀 장수원 역시 정신이 점점 흐려지고 있었다.

'정신일도 하사불성! 내가 죽으면 내 형제들과 조카들이 힘들어진다! 내 아들딸들이 기다리고 있어!'

정좌를 하고 앉아 정신을 집중하고 있던 그의 귓가에 어디선가 디젤 엔진 소리가 들린다.

탈탈탈!

순간, 장수원이 자리에서 벌떡 일어섰다.

"드, 들립니까?! 지금 저 멀리서 배가 다가오고 있습니다!"

"배요? 그런 것은 보이지 않는 것 같은데요?"

"아니요! 분명 있습니다!"

잠시 후, 정말 그의 말대로 저 멀리서 네 척의 배가 다가오고 있었다.

쏴아아아아!

일행은 침울하던 분위기를 단숨에 반전시켰다.

"오오! 배다! 정말 배다! 부회장님, 살았습니다! 살았다고요!"

"하하, 하하하! 인간 승리입니다!"

뗏목 가까이로 다가오던 배는 속도를 늦추어 사람들이 다치지 않도록 배려하였다.

그들의 입가에 미소가 걸렸다.

"드, 드디어!"

하지만 바로 그때, 일행의 얼굴이 와락 일그러졌다.

척!

네 척의 배에 검은색 깃발이 올라간 것이다.

"해, 해적?!"

"허, 허어!"

요즘 해적들은 검은색 깃발을 잘 사용하지 않지만 상대방을 겁주기 위해서 일부러 깃발을 올리는 경우가 있었다.

해적들은 요즘 장기 밀매로 짭짤한 수익을 올리고 있는 터라 보석보다 사람 자체를 더 원하는 경우가 많았다.

그들은 정말로 장주원 일행에게 쿠크리를 흔들며 외쳤다.

"그냥 뒈졌다고 생각해라! 도망치려면 지금이다! 바다에 빠져 뒈지면 봐주겠다!"

"낄낄낄!"

해적들은 피골이 상접한 장주원 일행을 바라보며 조소하였으나, 그것은 자신들의 앞날을 예측하지 못했기 때문에 나오는 웃음이었다.

"…저 안에는 분명 물과 먹을 것이 있을 겁니다."

"어차피 해적이면 죽여도 되는 것 아닙니까?"

"물론입니다. 마구 약탈해도 되지요."

장주원은 자신도 모르게 웃음이 나왔다.

"으흐흐, 먹을 거다!"

"……?"

"텁시다! 돌격!"

파바바밧!

동시에 초상비를 밟아 산개한 사외이사들은 광란에 찬 미소를 지었다.

"크하하하하!"

"…무, 무인?!"

"제기랄! 어서 도망쳐!"

그제야 해적들은 사람을 잘못 건드려도 한참 잘못 건드렸다는 것을 절감했다.

장주원은 방금 전 기함으로 보이는 배에서 쿠크리를 흔들던 해적의 머리를 단 일격에 파괴시켰다.

빠악!

그러자 사방으로 선혈이 튀며 해적들을 피로 적셨다.

푸하아아악!

"괴, 괴물이다!"

"괴물! 그래, 난 괴물이다! 죽어라!"

불필요하게 살인을 할 필요는 없지만 해적들은 결코 살려두어 좋을 것이 없는 인종이다.

장주원은 일부러 더 잔혹하게 해적들을 죽였고, 그들은 아연실색하여 뒷걸음질을 쳤다.

하지만 지하 선실에선 그런 소란과는 전혀 상관이 없다는 듯 의연한 표정의 여자가 걸어 나왔다.

"하암! 무슨 일이야?"

"두목!"

장주원은 고개를 갸웃거렸다.

"두목?"

"뭐야, 이 난민들은? 거지야?"

"뭐, 지금은 거지라고 할 수 있지. 그러는 넌 해적 두목이냐?"

"그런데?"

"뻔뻔하군. 스스로를 해적이라고 지칭하다니 말이야"

"뭐, 그럼 안 될 이유라도 있나?"

그는 실소를 흘렸다.

"훗, 아무렴 어때? 어차피 네놈들은 죽어 사라져야 할 몸이 아닌가?"

"그거야 네 생각이고."

순간, 그녀는 주머니에서 체인소드와 샷건을 동시에 꺼내 들었다.

휘리리리릭!

철컥!

"체인소드?"

"무인이고 나발이고 칼이 안 들어가는 사람은 없지. 오늘
아주 묵사발을 만들어주마."

"…반쪽짜리 무인이구나. 뭐, 좋다. 오늘 줄초상을 내주지."

두 사람 사이에 터질 듯한 긴장감이 맴돌기 시작했다.

외전

벚꽃이 만개한 첩첩산중에 한 청년이 다 해진 도복을 입고 서 있다.

"후우!"

180㎝가 넘는 훤칠한 키에 준수한 외모의 청년이 입고 있는 도복에는 빨간색 삼족오가 새겨져 있었다.

그는 사성회의 첫 번째 제자이자 현재 사성권의 유일한 후계자로 알려진 김명화였다.

명화는 어려서부터 검술보다는 권법에 더 뛰어난 자질을 보였고, 비홍검술과 함께 사성권법을 연마하여 젊은 나이로선 거의 따라올 자가 없는 독보적인 무인으로 자라났다.

하지만 그는 스물다섯이 되던 해, 자신의 한계를 느끼고 스스로의 벽을 깨기 위하여 충남 공주의 계룡산을 찾았다.

현재 계룡산은 몬스터의 잦은 출몰로 인하여 입산 통제가 걸려 있었지만 그는 사냥 허가증까지 가진 무인이었기 때문에 수련장을 마련할 수가 있었다.

그는 벌써 3년째 산중 생활을 하고 있었지만 자꾸만 스스로의 벽에 부딪쳐 앞으로 나아가지를 못하고 있었다.

가부좌를 틀고 명상을 하고 있던 그가 스르르 눈을 떴다.

"도저히 답이 보이지 않는군. 도대체 어디서부터 잘못된 것인가?"

몬스터를 사냥하라고 하여 하였고 월남에 전쟁이 났다고 해서 국위를 선양하기 위해 전쟁터까지 다녀왔다

이런 경험들이 그의 무공에 도움이 될 것이라고 생각했으나 그것은 무공과는 큰 상관이 없었다.

오로지 죽고 죽이기 위한 전장에선 스스로의 벽을 허물 수 있는 깨달음을 얻을 수 없었다.

결국 명화는 스스로 집안의 만류를 뿌리치고 산으로 올라와 수련에만 몰두하였다.

그러나 부모님과 형제들의 기대를 저버리고 올라온 산에는 그가 원하는 답이 없다는 것을 조금씩 느끼고 있었다.

만약 이곳에서 그가 답을 찾지 못한다면 그동안의 수고와 노고가 물거품이 되는 것이다.

"…허송세월을 했구나."

명화는 자리에서 일어나 산중의 오두막 바로 아래에 있는 작은 폭포로 향했다.

솨아아아아!

몬스터들과 무인들 간의 전투로 인해 생겨난 이 작은 폭포는 여전히 몬스터의 주요 출몰 지역이었다.

하지만 얼마 전에 명화가 이곳을 깔끔하게 정리하고 몬스터의 시신으로 영역 표시를 해두어 접근하는 몬스터가 없었다.

덕분에 그는 매일 이곳에서 좌선하면서 스스로를 몰아붙이고 있었다.

그는 깊은 한숨을 내쉬었다.

"휴우!"

좌선을 하는 동안에도 그는 깨달음을 갈구하느라 정신이 없었다.

깊은 한숨과 함께 스스로를 돌아보고 있던 명화의 귓전에 인기척이 느껴졌다.

바스락!

명화는 그 자리에서 일어나 소리가 들리는 곳으로 신형을 날렸다.

파바바밧!

잠시 후, 명화는 그곳에서 소리를 낸 장본인과 마주하게 되었다.

팟!

순간, 명화는 자신을 향해 날아든 주먹에 맞아 저만치 날려가고 말았다.

퍼억!

"크윽!"

급격하게 달려드느라 제대로 방비를 하지 못했으나, 워낙 맷집이 좋은 명화라서 그리 큰 타격은 입지 않았다.

하지만 평생 권만 익힌 자신이 보지 못할 정도의 주먹이라니, 그는 황당하기도 하고 자존심이 상하기도 했다.

그는 자리에서 벌떡 일어나 곧바로 다시 공격 자세를 취하였다.

척!

"덤벼라!"

자세를 잡은 그에게로 한 승려가 다가왔다.

"…관세음보살."

"스님?"

"이곳에서 누가 수련을 하나 했더니 아직 우물 안 개구리가 뛰어놀고 있었군그래."

명화는 자신을 깎아내리는 승려에게 화가 났다.

"스님, 아무리 제가 한 대 맞았다곤 해도 우물 안 개구리는 아닙니다. 이래 봬도 사성권의 정통 후계자란 말입니다."

"쯧, 그런 사람이 이렇게 허무하게 얻어맞고 날아가 뻗어버리는가?"

"…스님, 아무리 가르침을 주시려 한다지만 말이 좀 심하시군요."

"난 사실만을 말했네만?"

명화는 더 이상 승려와 말을 섞지 않기로 했다.

"덤비십시오. 제가 한 수 물러드리겠습니다."

"후후, 정말 자신 있나?"

"물론입니다."

"그럼 내가 먼저……."

승려는 아주 느릿느릿하게 걸어와 권을 뻗었다.

부웅!

아까의 날카로움은 전혀 없고 마치 물에 빠진 하룻강아지가 헤엄치는 것처럼 손을 내저었다.

이런 주먹에 맞는 사람이 있다면 분명 바보 천치이거나 발을 움직이지 못하는 사람일 것이다.

명화는 승려가 자신을 놀린다고 생각하여 크게 분개하였다.

"아무리 그래도 그렇지, 이건 좀……!"

그는 승려에게 한 방 먹여 아예 설욕을 해줄 요량이다.

하지만 명화가 주먹을 내질렀을 때, 전혀 생각지도 못한 일이 벌어지고 말았다.

우우우우웅!

어느새 명화의 명치에 가까워져 있던 승려의 주먹에서 금빛 아지랑이가 피어오르고 있었던 것이다.

명화는 이 금빛 아지랑이가 무엇을 뜻하는지 소문으로 들어 알고 있었다.

"여래금강권?!"

"좀 주무시게"

잠시 후, 승려의 권이 금빛 폭발을 일으키며 명화를 일격에 기절시켜 버렸다.

콰앙!

"크허억!"

물에 빠져 버린 명화는 그대로 계곡을 따라 산비탈 아래로 떠내려가 버렸다.

*   *   *

도대체 얼마나 시간이 흘렀을까?

"으으윽!"

명화는 온몸이 부서지는 듯한 고통을 겪으며 잠에서 깨어났다.

그는 퉁퉁 불어 터진 몸을 일으켜 자신이 지금 어디쯤에 있는지 가늠해 보았다.

"산비탈을 내려와 마을 근처까지 온 모양이구나. 참 멀리도 왔네."

검은색 도복이 물에 젖어 축축하였으나 그의 머리에는 그런 자잘한 것이 들어올 새가 없었다.

"금성회!"

명화는 입산 금지가 걸린 계룡산에서 우연치 않게 금성회의 고수를 만나 여래금강권에 당하고 말았다.

몇 대 얻어맞고 기절하긴 했으나 지금 그에게 패배했다는 것은 그다지 중요치 않았다.

"그를 만나야 한다! 그 스님을 만나지 않으면 평생 후회하고 말 거야!"

명화가 그 즉시 산비탈을 오르려는데, 바로 뒤에서 승려의 목소리가 들렸다.

"어딜 그리 급하게 가시는가?"

"스님!"

그는 승려에게 넙죽 엎드렸다.

"아까는 제가 오만방자하여 선배님을 몰라 뵈었습니다! 죄송합니다!"

"나무관세음보살."

승려는 명화에게 몇 가지 조언을 했다.

"자네는 사성권이 이 세상 최고의 무예라고 생각하는가?"

"예, 그렇습니다."

"그렇다면 그 권법의 계승자인 자네는 세상 최고의 무인이겠군?"

"그건……."

"자만은 스스로를 가두는 우물이 될 수밖에 없네. 왜 스스로 정저지와를 자처하려는 것인가?"

"그렇다면 이 모자란 머저리가 뭘 어찌하면 되겠습니까?"

"지금부터라도 모든 것을 버리고 배우기 위한 자세만을 잊고 정진에 임한다면 지금보다 훨씬 나은 경지에 이를 수 있을걸세."

"사문의 막내로 다시 들어가라는 말씀이십니까?"

"그것도 나쁘지는 않네만, 그것은 결국 자네의 스승 슬하로 숨어드는 것밖엔 안 될 것 아닌가?"

"예, 그렇지요."

승려는 명화에게 아주 파격적인 제안을 했다.

"금성관에서 허드렛일 반년을 약속하면 여래금강권을 전수해 주겠네."

"……!"

"할 자신이 있는가?"

"무, 물론입니다!"

"반년 동안 부엌데기에 밭에 똥으로 만든 거름이나 주어야 할 걸세."

"할 수 있습니다!"

승려는 고개를 끄덕였다.

"좋아, 그럼 내 문하로 들어와 오늘부터 수행을 쌓도록 하게."

"감사합니다!"

"그럼 이제 큰절을 올리고 사제의 의를 맺도록 하세."

"예, 스승님!"

한국의 무인 집단들은 중국과는 다르게 큰절 한 번으로 사제의 의를 맺는다.

승려는 자신의 제자이자 금성회의 문하를 뜻하는 금빛 문신을 그의 가슴에 찍었다.

우우우웅!

퍼억!

"으윽!"

떠오르는 해가 그려진 문신에는 백색 반석과 그것을 에둘러 흐르는 강이 표현되어 있었다.

이것은 금성회의 배달, 그리고 백제의 기상이 그대로 재현되어 있는 것이다.

"가세."

"예, 스승님."

명화는 스승 신전익을 따라서 금성회의 본가인 금성관으로 향했다.

*   *   *

금성관은 백제의 옛 수도인 부여에 위치해 있다.

부여 낙산과 낙산골 일대에 세워진 금성관은 총 150개의 건물로 이뤄져 있으며, 각 건물에는 수도를 쌓는 수도승과 무인들이 기거하고 있었다.

불교의 기본 교리를 받아들인 금성회는 평생 강함만을 추구하는 무인들이 아니라 인생의 진리를 찾아서 수련하는 사람들이다.

그렇기 때문에 금성관에선 철저한 금욕이 요구되며 사치와 향락, 육식이 금지된다.

굳이 머리를 깎도록 강요하지는 않지만 수도승들은 스스로의 신분을 출가인으로 규정하였기 때문에 머리를 깎았다.

명화는 금성회의 제2장로 신전익의 속가제자이기 때문에 머리를 깎을 필요가 없었다.

다만 속가제자는 하산할 때까지 머리를 자를 수 없는 규정이 있어서 그는 산발인 상태로 당분간 살아가야 할 것이다.

때앵, 때앵!

부엌데기 3개월째, 명화는 이제 살림꾼이 다 되었다.

공양 시간에 맞춰서 밥을 짓고 수도승과 무인들이 식사를 할 수 있도록 밥그릇과 접시 등을 준비하였다.

하루에 총 세 번, 새벽부터 일어나 저녁 늦게까지 밥을 짓고 식사를 준비하느라 명화는 깨달음이고 뭐고 깊게 생각할 시간이 없었다.

하지만 그는 요즘 더없는 행복감을 느끼고 있는 중이다.

머리를 비운다는 것이 이렇게 좋은 것인지, 생각 같아선 그냥 이곳에서 부엌데기로 눌러앉고 싶은 생각까지 했다.

그러나 신전익은 그가 출가하도록 내버려 둘 생각이 전혀 없었다.

땡, 땡!

공양이 시작되자 명화가 합장하며 수도승들에게 식사를 전해주었다.

"깨달음을 얻으시기 바랍니다."

"나무관세음보살."

정중하게 식사를 전달하던 명화에게 신전익이 다가왔다.

그는 하루 종일 허리도 못 펴고 일하는 명화의 엉덩이를 죽도로 사정없이 내려쳤다.

짜악!

"으윽!"

"네 이놈!"

"사, 사부님?"

"네놈이 우물 안 개구리가 될까 싶어서 이곳으로 데리고 왔더니 이제는 그 우물에 아예 주저앉으려 하느냐!"

순간, 명화는 정신이 번쩍 들었다.

"아아……!"

"깨달음을 얻기 위해 이곳에 왔으나 네놈은 우물에서 벗어나기 위한 깨달음을 얻기 위해 온 것이지 인생의 진리를 얻기 위해 온 것이 아니다. 만약 여기서 안주하게 된다면 또다시 번뇌만 늘어날 뿐이다. 그것은 결국 네 스스로를 파괴하는 일일 뿐이니라."

"예, 스승님! 이 제자, 너무 게을러 그만 이 생활에 안주하고 말았습니다! 죄송합니다!"

명화는 신전익이 자신을 이곳에 데리고 온 그때를 잊고 부드럽고 차분한, 그러면서도 고즈넉하고 평화로운 금성관의 풍경에 눈이 멀어버린 것이다.

그는 자신이 정신을 놓고 있던 것이 깨달음을 얻는 데 아무런 도움이 되지 않는다는 것을 이제야 깨달았다.

이제부터 그는 잠자는 시간을 대폭 줄이고 부엌데기와 수련을 병행하겠노라 다짐했다.

"사부님, 이제부터는 새벽에 일어나 금성관을 두 바퀴 돌고 밥을 하겠습니다. 그리고 잠자기 전에 체술을 수련하여 심신을 단련하겠습니다."

"그래, 그래야지."

속가제자를 무려 3개월 동안이나 바라만 보던 신익전은 이 한마디만을 남기고 다시 자신의 자리로 돌아갔다.

소정의 깨달음을 얻은 이후 명화의 행동은 눈에 띄게 달라졌다.

우선 금성회에서 배운 대로 사람과 생명을 존중하고 욕심을 버렸으며 오로지 깨달음을 위해 정진하는 사람이 되었다.

그는 새벽 두 시에 잠자리에서 일어나 심신을 단련하는 구보와 근력 운동 등으로 스스로를 다졌다.

그런 이후에는 혼자서 150동에 기거하는 사람들의 밥을 모두 준비하였다.

물론 반찬은 스스로 만들지 못해 주방에 기거하는 비구니나 수도승들의 도움을 받아야 했으나 밥을 안치는 것만으로도 충분히 힘든 일이었다.

무려 세 시간이 넘게 밥만 짓다가 볼일 다 볼 지경이었고, 공양이 끝난 후 솥을 닦는 데 걸리는 시간도 두 시간이 넘게 걸렸다.

이것은 도저히 사람이 할 수 있는 일이 아니었으나 명화는 스스로를 조금 더 극한으로 몰아붙였다.

그 결과 명화는 입산 반년 만에 드디어 깨달음을 얻었다.

명화는 무공이 벽을 뛰어넘는 데 가장 필요한 것은 욕심을 버리고 기다릴 줄 아는 자세라는 것을 깨달은 것이다.

그리고 무공의 벽은 누군가 가르침을 준다고 해서 얻을 수 없는 것임을 알았다.

신전익은 명화에게 부엌데기를 그만두고 여래금강권을 익힐 수 있도록 하였다.

명화는 여래금강권의 기본기 55개를 배우고 그것을 하나로 연결하여 응집시키는 속성 과정을 밟았다.

신전익은 처음부터 여래금강권을 배움으로써 사성권을 완성시킬 수 있을 것이라고 생각하였다.

그런 그의 생각은 적중하여 사성회의 제자로선 세 번째로 극오의를 깨달은 사람으로 만들었다.

비록 내공이 부족하여 완벽한 극성을 낼 수는 없었으나, 그 틀이 제대로 다져지게 된 것이다.

신전익은 명화가 입산한 지 2년이 되었을 무렵 그를 하산시켰다.

　그는 여래금강권의 권법서와 여래심법, 태백심법의 오의가 적힌 무공 서적을 제자에게 건네었다.

　"명화야, 이제 하산하여라."

　"사부님, 하지만 저는 아직 멀었습니다. 하산은 조금 이른 감이 있는 것 같습니다."

　"앞으로 나아가는 것을 두려워해선 또다시 제자리걸음을 할 수밖에 없다. 비록 무공의 길이 달라 몸으로 가르치는 것에는 한계가 있다만, 네가 앞으로 가는 길에 도움이 될 만한 것은 다 가르쳤다. 그러니 이만 하산하여라."

　"예, 사부님."

　신전익은 그의 등에 하산제자를 뜻하는 문신을 새겼다.

　쉬이이익, 퍼엉!

　"으윽!"

　거센 돌풍과 파도, 그리고 그것을 가르는 날카로운 여래금강권의 권풍이 그려진 문신은 앞으로 멈추지 않고 끝까지 전진하라는 뜻이 담겨 있었다.

　"앞으로 그 어떤 일이 있더라도 죽을 때까지 배움을 멈추지 말고 계속해서 앞으로 나아가기만 하여라. 옆을 돌아보아서도 안 되고 뒤를 돌아볼 시간도 없다. 알겠느냐?"

"예, 사부님."

"그리고 스스로의 직관만을 믿어라. 네가 옳다고 생각하는 일에는 목숨을 걸고 그것이 옳다고 믿는 용기를 갖거라."

"명심하겠습니다."

"마지막으로 너는 금강회의 제자라는 것을 항상 잊지 말거라."

"예, 사부님. 반드시 명심, 또 명심하겠습니다."

명화는 사부에게 하산 인사를 올렸다.

신전익은 명화에게 절을 받는 동안 한 가지 숙제를 내렸다.

"명화야, 하산하면 곧장 명화방으로 가거라."

"명화방이요?"

"그곳에서 배움을 청하고 스스로 속가제자가 되어라."

순간, 명화의 눈동자가 거대해졌다.

"사, 사부님, 정문명파의 제자가 어찌 명화방의 제자가 되라는 말씀이십니까?!"

"명화야, 지금까지 너는 이 사부가 하는 말을 어떻게 알아먹은 것이냐?"

"하, 하지만……."

"배움에는 구분이 있어선 안 된다. 너는 이 사부의 가르침을 어길 셈이냐?"

"그래도……."

"만약 속가제자가 되는 것이 부담스럽다면 그곳의 사람들과

라."

"예, 사부님. 그리하겠습니다."

명화는 사부의 말에 따라 일본에 근간을 둔 명화방을 찾아서 여행을 떠났다.

*   *   *

일본 가나자와에 위치한 명화방 수련장으로 명화가 찾아왔다.

그는 일본식 저택에 중국풍 대문을 둔 명화방의 수련장을 찾아가 문을 두드렸다.

쿵쿵쿵!

"이보십시오! 사성회의 제자이자 금성회의 속가제자인 김명화라고 합니다! 문을 좀 열어주십시오!"

명화는 사부의 가르침대로 합을 겨루기 위해 명화방을 찾아왔다.

잠시 후, 문이 열리며 젊은 여자가 걸어나왔다.

수려한 외모에 육감적인 몸매, 거기에 이채로운 눈동자와 긴 생머리는 마치 하늘에서 내려온 선녀를 보는 것 같았다.

하지만 명화는 그녀의 미모에 흔들리지 않고 똑바로 중심을 잡았다.

"이곳이 명화방입니까?"

"네, 맞아요. 명문정파의 제자가 이곳까진 어쩐 일이시죠?"

"사부님의 명을 받아 이곳에서 가르침을 받기 위해 왔습니다. 만약 불쾌하지 않다면 저에게 가르침을 좀 주실 수 있겠습니까?"

"사부님의 존함이 어떻게 되시죠?"

"사성회의 구, 성 자, 회 자 쓰시는 무인이십니다. 그리고 금성회의 신, 전 자, 익 자를 쓰시는 승려이십니다."

이름만 들어도 모르는 사람이 없을 정도로 유명한 그들이기에 그녀는 금방 신분을 알아보았다.

"아아, 당신이 바로 사성권의 후계자인 김명화 씨군요?"

"예, 그렇습니다. 비록 산에서 갓 내려와 볼품은 없습니다만, 가르침을 주신다면 기꺼이 받겠습니다."

정중한 명화의 태도에 그녀가 안내를 자처하였다.

"따라오세요. 때마침 제자들이 사부님의 가르침을 받고 있는 중입니다."

"예, 감사합니다."

명화가 그녀를 따라 저택의 안으로 들어가니 붉은색 도포를 입은 천태홍이 제자들에게 가르침을 내리고 있다.

그녀는 천태홍에게 다가가 깊이 고개를 숙였다.

"사부님, 지원이입니다."

"그래, 지원아. 무슨 일이냐?"

"사성회의 구성회 협객과 금성회의 신전익 고승의 제자인 김명화라는 청년이 가르침을 얻고자 찾아왔습니다."

순간, 명화방의 제자들이 날카로운 눈초리로 명화를 노려보았다.

"…미친놈이로군. 감히 이곳이 어디라고 도장깨기를?"

"미친개에겐 매가 약이지. 오늘 아주 제대로 초상 한번 치러보자고."

제자들이 슬슬 흥분하기 시작하자, 대사형인 장수원이 나서서 분위기를 가라앉혔다.

"헛, 조용히 해라. 사부님께서 아직 말씀도 하지 않으셨다."

"예, 대사형."

잠시 후, 천태홍이 명화에게로 걸어왔다.

스으으윽.

그는 굳이 보법을 밟지 않아도 공중부양을 할 수 있는 신립보의 경지에 이른 것 같았다.

명화는 그야말로 신세계를 본 것 같은 충격을 받았다.

'인간이 저런 경지에 오를 수 있단 말인가?'

천태홍은 명화에게 악수를 건넸다.

"자네가 두 대협의 제자란 말이지?"

"예, 그렇습니다, 어르신."

"허허, 예의가 아주 바르군. 역시 조의와 배달의 후예답군."

"과찬이십니다."

천태홍은 명화의 손을 잡곤 아주 살며시 내력을 흘려보냈다.

스스스스!

그러자 명화의 가슴이 답답해지며 순식간에 안압이 올라갔다.

부우우우욱!

"허, 허억!"

"자네, 이런 상태로 얼마나 살아온 것인가?"

"무슨 말씀이신지……."

잠시 후 천태홍이 내력을 거두며 말했다.

"가슴에 운현이 가득 차 있군. 흑시 전껭디에시 고엽세글 맞았나?"

"예, 그렇습니다."

"그랬군. 지금 자네의 이 울혈을 가만히 내버려 두었다간 기혈이 뒤틀려 죽고 말 걸세. 지금 중요한 것은 자네의 무공을 증진시키는 것이 아니라 몸을 건사해서 사부들께 효도하는 걸세. 알겠나?"

"아아!"

명화는 원래 고엽제 증후군에 시달리고 있었는데, 무공으로 충분히 극복이 된 줄 알았다.

그제야 명화는 신익전이 왜 명화방으로 가보라고 했는지 알 것 같았다.

'사부님은 이런 앞길까지 전부 예상하고 계신 것이구나.'

명화는 그 자리에서 무릎을 꿇었다.

쿠웅!

"어르신! 저를 속가제자로 받아주십시오!"

"…뭐라?"

"제 사부 신익전 선사의 가르침으론 어르신의 속가제자가 되라고 하셨습니다! 부디 저를 거두어주십시오!"

천태홍은 다짜고짜 무릎을 꿇는 그를 바라보며 실소를 흘렸다.

"허허, 특이한 청년일세. 명문정파의 제자가 사파라 칭해지는 명화방의 제자가 되겠다니, 이게 무엇을 뜻하는지 알고 있나?"

"모릅니다."

"모르는데 제자가 되겠다고?"

"어차피 이 세상의 그 어떤 사람도 스스로의 앞길은 알 수가 없습니다. 저 역시 마찬가지입니다. 앞길이 어떻게 될지는 알 수가 없습니다만, 어떻게든 어르신의 제자가 되어야 할 것 같습니다."

천태홍은 가만히 명화를 바라보더니 이내 결단을 내려주었다.

"이곳에서 머물면서 무공을 익히게. 가슴에 진 응어리를 녹여낼 때까진 기본기 이외의 것은 금지일세."

"예, 어르신!"

"다만 속가제자가 되는 것은 시기상조이니 응어리를 다 녹이면 다시 얘기하도록 하세."

"감사합니다!"

천태홍이 그를 받아들이긴 했지만 제자들은 명화를 달갑게 여기지 않았다.

"사부님! 저런 미친놈을 제자로 받으시다니요! 있을 수 없습니다!"

"그만, 그만하여라. 못 들었느냐? 이 사부가 결정한 일이니 토 달지 말아라."

"하, 하지만……!"

제1제자인 장수원이 사제들을 다독였다.

"사부님께서 다 생각이 있어 내리신 결정 아니냐? 그에 따라라."

"대사형!"

"그만, 이제 그만하고 돌아가서 수련이나 쌓자."

장수원은 자신의 동생이자 사매인 장지원에게 그를 안내하도록 지시하였다.

"지원아, 네가 손님을 모셔라. 마침 빈방이 있으니 그곳에 이불과 옷가지를 가져다주도록 하고."

"예, 대사형."

명화는 대사형 장수원에게 깊이 고개를 숙였다.

"감사합니다, 대협. 이 은혜는 결코 잊지 않겠습니다. 그리고 속가제자가 된다면 대사형으로 깍듯이 모시겠습니다."

"아닙니다. 사람 일이라는 것은 한 치 앞을 모르는 것인데 악하게 굴면 씁니까? 마음에 담아두지 마세요."

"아무튼 감사합니다!"

명화는 이제 장지원을 따라서 명화방 수련장 후원으로 향했다.

*   *   *

명화가 명화방 수련동에 온 지 한 달이 지났다.

그는 이제 가슴 속의 탁기를 거의 2/3 정도 몰아냈고 곧 완치가 될 예정이다.

따악, 따악!

아침 일찍 일어난 명화는 스스로 수련을 마치고 제자들이 자는 데 들어갈 화로의 장작을 마련하고 있었다.

그는 직접 뒷산의 나무를 베어다가 그것을 장작으로 쓰기 좋은 크기로 잘라서 후원 가득 채워두었다.

아직까지 신식 난로의 보급이 이뤄지지 않은 명화방이기 때문에 나무를 하는 것은 수련생들에겐 꽤나 곤욕스러운 일이었다.

그런데 벌써 한 달째 명화가 나무를 해놓으니 어찌나 편한지 이제는 명화가 떠나지 말았으면 하고 바라는 사람도 생겼다.

이른 아침부터 나무를 하는 명화에게 지원이 다가왔다.

"또 나무를 하고 계세요?"

"잘 잤습니까?"

"매번 이렇게 나무를 해놓으시니 제자들이 게을러져요. 다들 편하다, 좋다 난리지만 장로님들이 제자들 배에 기름 낀다고 뭐라고 하세요."

"아아, 그렇군요. 그럼 부엌데기를 좀 해볼까요? 사문에서 부엌데기로 일한 적이 있습니다."

"아니요, 그런 뜻이 아니잖아요. 왜 자꾸 허드렛일을 하시냐고요."

명화는 싱긋 웃어 보였다.

"하하, 사람이 놀면 못씁니다. 안 그래도 정진하기 바쁜 세상에 이렇게 펑펑 놀면서 신세만 진다면 아마 죽을 때쯤이면 남는 것이 하나도 없을 겁니다."

"…그렇다고 스스로 부엌데기를 자처해요? 자존심도 없어요?"

"자존심이라는 것은 어차피 인간에게 불필요한 사치일 뿐입니다. 무인은 임전무퇴의 기상, 그것을 해치는 불명예를 두려워해야 할 뿐이지요."

"무슨 도인 같아요. 승려 같기도 하고."

"금성회의 제자이니까요."

두 사람이 한창 대화를 나누고 있을 때, 그녀와 비슷하게 생긴 묘령의 여인이 나타났다.

"지원아, 여기서 뭐 하니?"

"언니?"

그녀는 지원보다 키가 5㎝ 정도 더 컸지만 전체적으로 상당히 여리고 가는 느낌이 있었다.

하지만 그녀에게서 풍기는 내공의 풍미는 결코 여리지 않았다.

'대단한 여협이다.'

명화는 그녀에게 꾸벅 고개를 숙였다.

"안녕하십니까?"

"당신이 객식구라는 그 사람인가요?"

"예, 그렇습니다."

그녀는 동생 지원을 잡아끌었다.

"가자. 왜 객식구가 머무는 곳까지 왔어? 가서 수련이나 더 쌓아."

"하지만 대사형이……."

"…가자."

"아, 알겠어."

그녀의 묵직한 카리스마에 기가 눌린 지원이 돌아서다가 슬쩍 편지를 한 통 흘렸다.

툭.

명화는 그것을 주워서 전해주려다가 자신의 이름이 적힌 것을 보곤 걸음을 멈추었다.

답장 꼭 해주세요, 김명화 씨.

"…이게 뭐지?"

편지가 도대체 무슨 의미인지 이해할 수 없는 명화이지만 일단 편지를 잘 간무리해 품에 넣었다.

하나 이때까지 명화는 이 편지 한 장이 무슨 일을 일으킬 지 상상조차 하지 못했다.

『현대 무림 지존』6권에 계속…

초대형 24시 만화방

신간 100%, 샤워실, 흡연실, 수면실(침대석), 커플석, 세탁기 완비

▪ 시흥 정왕25시점 ▪

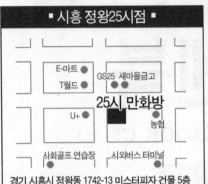

경기 시흥시 정왕동 1742-13 미스터피자 건물 5층
031) 319-5629

▪ 강북 노원역점 ▪

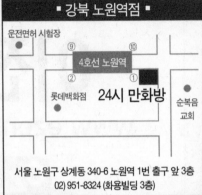

서울 노원구 상계동 340-6 노원역 1번 출구 앞 3층
02) 951-8324 (화용빌딩 3층)

▪ 일산 정발산역점 ▪

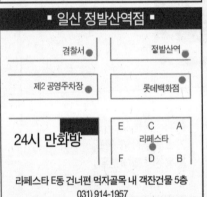

라페스타 E동 건너편 먹자골목 내 객잔건물 5층
031) 914-1957

▪ 일산 화정역점 ▪

경기도 고양시 덕양구 화정동 984번지 서일빌딩 7층
031) 979-4874 (서일사우나 건물 7층)

▪ 부천 역곡역점 ▪

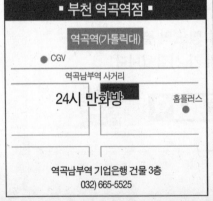

역곡남부역 기업은행 건물 3층
032) 665-5525

▪ 부평역점 ▪

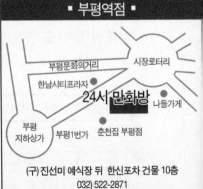

(구)진선미 예식장 뒤 한신포차 건물 10층
032) 522-2871

미러클
테이머

인기영 장편소설
FUSION FANTASTIC STORY

MIRACLE
TAMER

이계로 떨어져 최강, 최고의 테이머가 되었다.
그러나… 남은 것은 지독한 배신뿐.

배신의 끝에서 루아진은 고향 지구로 되돌아오게 되는데…….
몬스터가 출몰하기 시작한 지구!
그리고 몬스터를 길들일 수 있는 테이머 루아진!
그 둘의 조합은……?

『미러클 테이머』

바야흐로 시작되는
테이머 루아진과 몬스터들의 알콩달콩한
대파괴의 서사시!!

FUSION FANTASTIC STORY

자미소 장편소설

GRAND SLAM
그랜드슬램

2016년의 대미를 장식할 최고의 스포츠 소설!!

Career record : 984W 26L
Career titles : 95
Highest ranking : No.1(387weeks)
Grand Slam Singles results : 23W
Paralympic medal record : Singles Gold(2012, 2016)

**약 십 년여를 세계 최고로 군림한 천재 테니스 선수.
경기 내내 그의 몸을 지탱하고 있는 것은…… 휠체어였다.**

『그랜드슬램』

**휠체어 테니스계의 신, 이영석(32).
그는 정상의 자리에서도 끝없는 갈망에 사로잡혀 있었다.**

"걷고 싶다, 뛰고 싶다. …날고 싶다!!"

뛸 수 없던 천재 테니스 선수
그에게, 날개가 달렸다!!!

Book Publishing CHUNGEORAM

유행이 아닌 자유추구 -
WWW.chungeoram.com

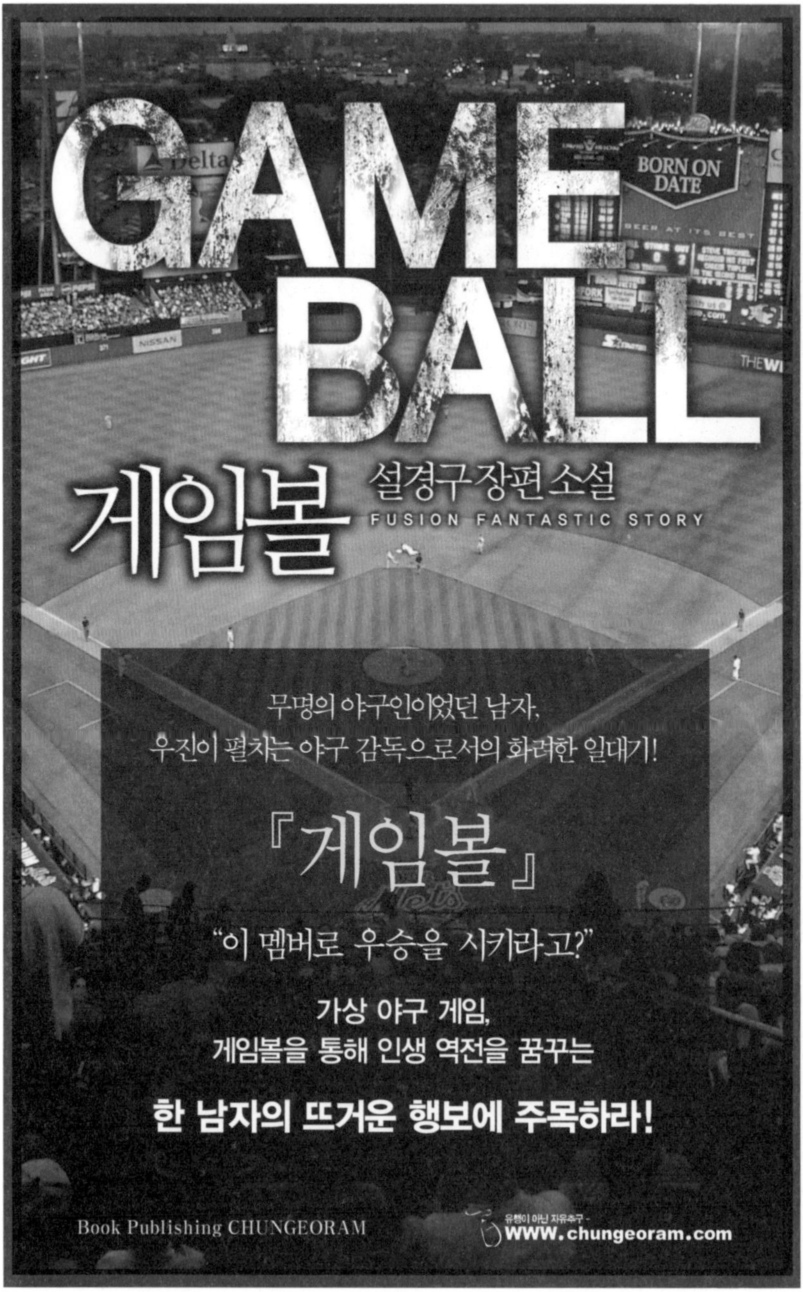

GAME
BALL
게임볼
설경구 장편 소설
FUSION FANTASTIC STORY
무명의 야구인이었던 남자,
우진이 펼치는 야구 감독으로서의 화려한 일대기!
『게임볼』
"이 멤버로 우승을 시키라고?"
가상 야구 게임,
게임볼을 통해 인생 역전을 꿈꾸는
한 남자의 뜨거운 행보에 주목하라!
Book Publishing CHUNGEORAM
유행이 아닌 자유추구 -
WWW.chungeoram.com

투신 강태산

박선우 장편소설

FUSION FANTASTIC STORY

무림을 휩쓸던 '야차(夜叉)'가 돌아왔다.

『투신 강태산』

여행사 다니는 따뜻한 하숙생 오빠이자
국가위기 특수대응팀 '청룡'의 수장.
그리고 종합격투기계를 휩쓸어 버린 절대강자.
전 세계를 무대로 펼쳐지는 투신 강태산의 현대 종횡기!!

"나는, 나와 대한민국의 적을, 철저하게 부숴 버릴 것이다."

서러웠던 대한민국은 잊어라!
국민을 사랑하는 대통령과 절대강자 투신이 만들어 나가는
새로운 대한민국이 펼쳐진다!!

Book Publishing CHUNGEORAM

유행이 아닌 자유추구 -
WWW.chungeoram.com

FUSION
FANTASTIC
STORY

서산화 장편소설

Miracle Direction

기적의 연출

천재 영화감독, 스크린 속 세상을 창조하다!

『기적의 연출』

대문호 신명일과 미모로 손꼽히던 여배우 김희수의 아들 신지호.
일가족은 불운한 사고로 인해 크나큰 비극을 겪는다.
이 사고로 섬광 기억(Flashbulb memory)이라는 능력을 얻게 된 그 순간!
그의 모든 게 달라졌다.

"배우의 혼을 이끌어내고, 관중의 영혼을 붙잡아야 합니다.
그게 제 목표입니다."

완전한 감독을 꿈꾸는 신지호.
이제 그의 영화가, 세상을 홀린다!

Book Publishing CHUNGEORAM

유행이 아닌 자유추구 -
WWW.chungeoram.com